W0381689

La Vierge à combustion et le Baryton perché

Les Éditions François Bourin deviennent Les Pérégrines

Les Pérégrines : un mot au féminin pluriel pour évoquer nos féminismes ; un nom en hommage au roman éponyme de Jeanne Bourin, grand-mère et figure d'inspiration d'Aude Chevrillon, la directrice de la maison.
Notre ambition : vous proposer un voyage intellectuel en publiant des textes toujours pertinents, souvent impertinents, qui, par des voix fortes et hardies, des plumes belles et singulières, observent le monde par différentes fenêtres, nous amènent à faire un pas de côté, nous poussent à mieux appréhender l'autre, l'étrangeté, la diversité, nous livrent des trajectoires inspirantes pour dessiner une société plus humaine.

Couverture : Élodie Campo
Illustration : © iStockphoto
Mise en page : Audrey Desanti

Éditions Les Pérégrines
21, rue Trousseau 75011 Paris
www.editionslesperegrines.fr

Sophie Charpentier

La Vierge à combustion et le Baryton perché

Éditions Les Pérégrines

De la même autrice

Apatries, La Nouvelle Pléiade, 2015
Sur tes traces, N & B Éditions, 2017 (extraits repris dans l'anthologie *Passagers d'exil*, Éditions Bruno Doucey, 2017)
« Cinglés. Variations sur le thème de la folie », revue *Rumeurs*, La rumeur libre éditions, 2018

Brasier.

L'éternité mue, en quelques secondes
Tout devient cendres.

Brasier des âmes.
Brasier des corps.
Brasier des consciences.

Que faire de l'éternité ?

1

Qu'est-ce qui lui avait pris de pousser la porte de ce magasin de bondieuseries ? Pas d'éducation religieuse, pas d'adhésion tardive, pas même une petite visite à Lourdes, tout juste traversé Saint-Pierre de Rome pour les fresques de la chapelle Sixtine. Alors pourquoi s'était-il retrouvé là, par un morne après-midi de février, au milieu des rosaires et statuettes en tous genres ?

Certes, l'humidité qui perlait avec persévérance avait probablement été prétexte à cette intrusion en milieu fervent, mais il aurait pu tout autant pousser son chemin jusqu'au prochain café, ou du moins jusqu'à la boulangerie du coin, pour trouver à s'abriter.

Mais au café, il aurait fallu déplier le journal, et à la boulangerie consommer quelque chose de calorique, ce dont il ne ressentait nullement le besoin. Alors qu'ici… Ici, dans cet abri absolument imprévisible, il pouvait se laisser aller à admettre ce qu'il éprouvait réellement. Un ennui profond et indélogeable. Quitte à bâiller, autant le faire devant le spectacle le plus ennuyeux du monde.

Traînant son regard dépassionné d'un coin de l'échoppe à l'autre, il notait : collections de chapelets, bougies de neuvaine, croix en verre, encens, médailles miraculeuses en plaqué or ou en argent, statuettes d'angelots, chandeliers, ciboires, icônes, santons assortis de leur crèche, timbales de baptême, porte-clefs aux effigies de différents saints, bracelets dizainiers, crucifix, cierges. Le tout bien rangé, bien ordonné, classé par thème et décliné en matières plus ou moins luxueuses, destiné à assouvir la soif de dévotion à la mesure de chaque bourse.

Crachin et ennui servant d'alibi à une visite officieuse en terre sainte. Cela avait de quoi le faire sourire. D'ailleurs, avait-il seulement souri ces derniers temps ?

Figer, sans joie ni plaisir, des silhouettes et des visages auxquels on demandait surtout de ne pas sourire, d'avoir l'air le plus distant et consumé d'ennui possible.

Ici, pas d'hypocrisie, tout pesait son montant de gravité et de joie mesurée. Du solide. Du durable. Rien à voir avec la fugacité de l'air du temps, les podiums, les gloires d'un jour, et les défaites indéfectibles. Tout, jusqu'aux parfums d'encens, s'inscrivait dans la tradition, la pérennité, aux antipodes des humeurs volatiles qui nourrissaient son quotidien.

Il devait bien avouer une chose toutefois. Cette exposition de piété, si elle le changeait de ses fréquentations usuelles, ne faisait pas que l'amuser. Elle le divertissait. Voire l'étonnait follement. Forçait en lui une certaine admiration pour cette sérénité. Cette placidité. Cette cohérence. Vous êtes cohérents, avait-il envie de clamer à l'assemblée des saints, vierges et anges. Vous êtes tous cohérents. Bien plus que moi qui officie au sein d'un monde dans lequel je ne trouve plus foi. Foi. La foi du charbonnier. La foi des compagnons d'art. La foi du maître réalisant son chef-d'œuvre. Ai-je un jour réalisé mon chef-d'œuvre ? Non. Rien que de superficiel. Rien que d'éphémère.

Il s'appliquait religieusement à remplir ses poumons de cet air sacré qui se volatiliserait une fois gagné l'au-dehors, à laver son incohérence avec la tranquille certitude qui emplissait les lieux.

Tout n'est que poussière. Poussière tu es, poussière tu deviendras.

N'ayant aucune intention d'acquérir quelque article que ce soit, et sous le regard suspicieux de la personne à la mise austère assise derrière le comptoir, il sentait qu'il lui faudrait sous peu quitter les lieux.

Soupir. Soupir, non de désespoir, il ne pouvait aller jusque-là, mais de déception. De regret presque.

Jetant un regard circulaire sur la boutique, il se résignait à gagner la porte de sortie. Après tout, le ciel avait l'air d'avoir cessé de cracher ses humeurs bilieuses. Rien ne justifiait plus son séjour clandestin en des terres dont l'asile ne pouvait être que temporaire.

Soupirant, il allait se résoudre à franchir le seuil lorsqu'un rayonnage auquel il n'avait jusqu'alors pas prêté attention attira ladite attention. Capta l'attention. Réquisitionna l'attention. Figea l'attention comme les clichés fixés dans le bain révélateur sur le papier glacé.

Dans l'encoignure près de la porte d'entrée siégeait une assemblée voilée, nimbée de bleu, de vert tendre, de rose pâle, de couleurs douces et mélancoliques. Une assemblée virginale et recueillie, prête à recevoir en son sein mille enfants rédempteurs, mille expiateurs des péchés du monde, une assemblée maternante, bienveillante et contrite par anticipation.

Une assemblée de vierges diaphanes, une assemblée de vierges de cire.

2

Dans le hall de l'immeuble, Zimmerman, devant les rangées de boîtes aux lettres, fixait avec perplexité une liasse d'enveloppes fraîchement arrivées. Rien ne parvenait à lui faire décider laquelle ouvrir en premier, d'ailleurs était-il dans son intention d'en décacheter une seule ? Peut-être allaient-elles atterrir directement dans sa poche pour un temps indéterminé.

Meunier, qui venait de franchir la porte cochère, un emballage en papier kraft de forme oblongue sous le bras, lui adressa un salut poli, gage de relations de bon voisinage.

On ne peut pas dire que Meunier et Zimmerman aient été très proches, cependant leur bref échange sentait la courtoisie. Tous deux se côtoyaient depuis des années, combien en fait ? Depuis l'emménagement de Meunier – Zimmerman semblait avoir toujours fait partie des meubles, à son poste quotidien devant les boîtes aux lettres à l'heure présumée du passage du facteur. Que pouvaient contenir ces enveloppes jour après jour inspectées dubitativement puis fourrées intactes au fond de ses poches ?

Meunier n'en savait rien, et se serait bien gardé de poser une question, imaginant seulement dans l'appartement de Zimmerman, où il n'avait jamais pénétré, un grand secrétaire jonché de piles d'enveloppes, méthodiquement entassées. Ouvertes ou fermées. Il n'aurait su le dire. Zimmerman, d'ordinaire, ne posait pas de questions non plus, mais face à l'emballage de kraft de forme étrange coincé sous le bras de Meunier, on sentait sa curiosité s'aviver, en silence, toute dans le dard de ses petits yeux bleus presque gris métal.

La station devant les boîtes aux lettres se prolongeant anormalement, Meunier sentait monter un malaise partagé. Difficile d'échapper à l'œil scrutateur de Zimmerman – mais que lui dire d'une acquisition impulsive qui, à l'instant, l'embarrassait lui-même ?

Il préféra serrer un peu plus le paquet sous son bras, qu'il aurait souhaité faire disparaître derrière les manches de sa gabardine, tel un enfant honteux rapportant le fruit d'un larcin à la maison. Intrigué, le regard de Zimmerman ne se faisait pas indiscret. À propos de discrétion, Meunier admirait celle de ses cheveux coupés courts, où filaient sans coquetterie des traînées plus sel que poivre, le pardessus élégant, cintré à la taille par une ceinture nouée à l'arrière, la classique sacoche, de cuir comme les chaussures, tout dans la sobriété et la distinction.

Les enveloppes ayant disparu dans la poche de Zimmerman, rien ne justifiait plus la station devant les boîtes. Les deux voisins étant manifestement sur le point de remonter chez eux, la conversation traîna encore un peu sur un mode embarrassé, puis, ne trouvant plus rien à dire qui ne s'immiscerait pas trop dans la vie de l'autre, ils amorcèrent de concert un mouvement en direction de la cage d'escalier. Une fois de plus, l'ascenseur était en panne. Sans commentaire, ils gravirent tous deux les marches qui serpentaient autour de la cage d'ascenseur, dans le bruit mat de leurs pas sur le tapis rouge aux motifs fleuris, usé jusqu'à la corde par des années d'ascension des habitants de l'immeuble. Zimmerman s'arrêta au troisième étage, appartement côté cour.

Meunier, qui logeait au cinquième côté rue, s'arrêta quelques instants sur le palier, indécis. Zimmerman, sortant son trousseau de clefs, les fit jouer dans la serrure, avec un dernier bref coup d'œil vers le paquet serré sous le bras de Meunier.

–Alors... bonne fin d'après-midi.

–À vous de même.

Meunier n'osa pas regarder ostensiblement du côté de la porte qui s'ouvrait, mais derrière elle, il aurait juré sentir la présence du secrétaire encombré d'enveloppes.

Drôle de personnage, pensait-il en gravissant les deux étages restants, oubliant presque le paquet sous son bras.

Sur le palier du quatrième, on pouvait saisir au vol quelques notes qui s'échappaient de l'appartement côté cour, au-dessus de celui de Zimmerman.

Drôle de voix, pensa Meunier. Est-ce un disque ? Meunier ne s'y connaissait pas particulièrement en art lyrique, mais le timbre avait quelque chose d'étrange. Cet appartement était inoccupé depuis des mois, quelqu'un devait tout juste y avoir emménagé. S'il lui prenait souvent de pousser le volume à ce point, la vie allait devenir difficile.

Au cinquième, Meunier fit jouer ses propres clefs, et, une fois la porte refermée, déposa le paquet bien droit sur la table du séjour.

3

Zimmerman commençait à s'agacer sérieusement. Cela faisait une semaine que des cascades de sons s'écoulaient régulièrement par un sas de communication non identifiable entre l'appartement du quatrième et le sien. Tout était pourtant si calme depuis que le précédent occupant avait quitté les lieux. Des locataires, il y en avait eu de nombreux depuis que Zimmerman résidait ici, des plus ou moins discrets, des plus que moins, des moins que plus, mais jusqu'ici on avait toujours réussi à s'entendre, et à présent, on ne s'entendait plus du tout. Zimmerman n'entendait plus le glissement feutré de sa plume sur le papier, et cela devenait intolérable. Si encore la voix avait été juste... mais non. La médiocrité de l'intonation lui faisait dresser les cheveux sur la tête.

Pire que tout, cette voix massacrait le répertoire de contralto ou contre-ténor que Zimmerman affectionnait le plus. Tout Haendel, de Rinaldo à Xerxes, était passé à la moulinette, ne laissant subsister qu'une bouillie de notes dont on ne saisissait plus ni le sens ni la direction. Sans parler de la langue dont on n'aurait su dire s'il s'agissait de l'italien d'origine, ou d'une traduction étrange en russe ancien ou dans un dialecte serbo-croate. Zimmerman, sentant son sang bouillir et sa patience s'amoindrir de jour en jour, en venait à penser : si elle s'attaque au *Magnificat* ou à la *Messe en si*, je monte lui arracher les yeux… ou la langue.

Ce n'était pourtant pas dans sa nature de se laisser aller à des emportements, de quelque nature qu'ils soient. Son discours était d'ordinaire d'une égalité parfaite, ses gestes mesurés et ses regards d'une bienveillance de principe. Mais un tel comportement vocal à la limite de la grossièreté lui aurait presque arraché des bordées d'injures dans toutes les langues connues et de violents claquements de portes – les siennes, à défaut de tambouriner à celle du quatrième étage. Cela ne lui ressemblait vraiment pas. Un frisson d'horreur lui parcourait l'échine à la simple pensée que la voix pourrait un jour s'attaquer à Mahler. De rage, sa plume se faisait de plus en plus active sur le papier. Zimmerman officiait en silence. Rongeant son frein.

Par miracle, aucune collusion n'avait eu lieu dans la cage d'escalier, ni devant les rangées de boîtes aux lettres. La voix demeurait totalement anonyme, sans qu'on puisse y greffer un visage ou une identité.

Timbre curieux mâtiné d'harmoniques graves avec du coffre mais sans charme, et d'aigus métalliques sans profondeur. À quel être hybride pouvait-il bien appartenir ? Un centaure mi-homme mi-cheval, une sirène, femme-poisson, une licorne extraordinaire ? L'imagination débordante de Zimmerman ne savait où donner de la tête.

Écouter de la musique, c'est rappeler les morts. Y compris ceux qui sont encore vivants.

4

Depuis trois jours, Meunier faisait les cent pas avec indécision autour de la table du séjour. Depuis trois jours, il ne savait que faire de cette encombrante acquisition qui, bien que ne prenant pas beaucoup de place en termes de volume, envahissait son espace, à tel point qu'il s'était résigné à prendre ses repas sur un petit guéridon encombré de livres.

Meunier tournait autour de l'objet sans parvenir à décider quoi que ce soit. C'est à peine s'il s'était résolu à défaire la pelure de papier kraft, qu'il n'avait d'ailleurs pas réussi à jeter, la laissant sous le socle de la statuette comme un tapis destiné à la protéger des trivialités du monde. La vierge s'y était posée tel un être surnaturel et aurait pu à n'importe quel moment en disparaître pour aller imposer son immatérialité ailleurs.

Perplexe, Meunier tournait en rond.

Il l'avait choisie bleu ciel. Le rose lui aurait semblé trop sentimental – quant au vert clair, il ne l'aurait pas souffert. Mais ce bleu ciel tout de même l'insupportait. Il aurait souhaité l'assombrir ce ciel, lui donner le gris des ciels de pluie, la noirceur des ciels d'orages. Pourquoi, se demandait-il, n'avait-il pas trouvé de vierge en cire noire ? Malgré son inculture religieuse, il lui semblait s'être parfois retrouvé nez à nez au détour d'une église avec une vierge à la peau sombre, statufiée, ou stylisée sur une icône. Pourquoi ce parti pris dans la carnation des vierges de paraffine ?

Peu importait, le mal était fait, la vierge azur avait pris possession de sa table ronde, et Meunier se sentait dépossédé de son espace.

Exaspéré, il refermait la porte du séjour, n'osant tout de même la claquer, et allait se réfugier dans la chambre. Un comble. Se faire déloger par une image pieuse. Une image sainte. Lui, le mécréant. Lui, le bon vivant de tous les instants, qui avait réputation dans les banquets et ripailles, les célébrations d'abondance et les rites païens.

Assis sur le bord du lit, il ruminait. Ressassait. Tournait en rond dans ses pensées comme il avait tourné autour de la table. Puis, n'y tenant plus, entrebâillait la porte du séjour pour constater que, oui, elle était toujours là, qu'aucun miracle n'avait eu lieu provoquant une disparition aussi inopinée qu'inexplicable. Refermait la porte, décontenancé, et allait investir la cuisine pour se confectionner un sandwich. Après tout, que faire d'autre face à tant de nourritures spirituelles que de s'octroyer quelque nourriture sinon charnelle, du moins roborative.

Mais si le sandwich apaisait son estomac, il n'apaisait certainement pas son amour-propre. Se faire mettre à la porte de chez soi par un morceau de paraffine pastel, cela avait de quoi vous vexer. Il n'avait pourtant jusqu'alors nourri de griefs envers aucun symbole issu de quelque religion que ce soit, mais à présent c'en était trop. La coupe était pleine. Le calice, ou le ciboire. D'ailleurs, il avait envie d'une bière fraîche.

Décrochant son manteau de la patère, en même temps qu'il décochait un regard haineux au battant derrière lequel se trouvait l'objet incriminé, il fourra son trousseau dans sa poche, et claqua la porte d'entrée derrière lui, sans même se donner la peine d'y donner un tour de clef.

Dans la cage d'escalier, au quatrième, les braillements lyriques avaient repris. Heureusement que les deux appartements n'étaient pas situés l'un au-dessus de l'autre, cela aurait été prétexte au crime le plus barbare, un bûcher, un autodafé, cire sang et larmes venant se répandre sur les marches de l'escalier.

5

Au bas de l'escalier, devant les boîtes aux lettres, Zimmerman attendait, l'air circonspect, presque soucieux. Déboulant avec rage, Meunier manqua de justesse de buter sur ses pieds.

– Il est en retard, marmonnait Zimmerman.

– Je vous demande pardon ? s'enquit Meunier.

– Le facteur. Il est en retard, voilà une dizaine de minutes qu'il aurait dû déposer le courrier de l'après-midi.

Meunier ne savait trop quoi répondre, n'ayant jamais prêté une attention particulière aux heures de passage du préposé des postes. Une distribution dans la matinée, une autre dans l'après-midi, voilà tout ce qu'il avait besoin de savoir.

– Il est en retard, ressassait Zimmerman - tout en tirant nerveusement sur les revers des manches de sa veste. Pas normal, pas normal du tout, pas dans ses habitudes.

– Euh, oui, peut-être, je n'ai jamais relevé les horaires exacts de sa tournée.

– Je vous dis qu'il y a quelque chose qui cloche. Avec les précédents, il pouvait y avoir de gros écarts dans la distribution, mais avec celui-ci jamais, très ponctuel, très discret, très poli d'ailleurs, et très efficace. Quelques minutes à peine pour répartir le courrier dans les boîtes avant d'enfourcher son vélo. Pas normal aujourd'hui.

Embarrassé, Meunier ne savait quelle attitude adopter. Cependant, il aurait été difficile de s'éclipser immédiatement, étant donné la collision manquée de peu, et l'état d'agitation inhabituel de Zimmerman, qui répétait à loisir un « pas normal » quasi hypnotique.

– Il lui est arrivé quelque chose. Ou alors c'est au centre de tri. La levée de l'après-midi a dû rester bloquée là-bas. Peut-être pire, peut-être a-t-elle été perdue. Le convoi ferré détourné. Des milliers de lettres en souffrance quelque part, dans un endroit indéterminé.

Ce qui n'était pas normal, c'était cet état d'anxiété chez Zimmerman, d'ordinaire le calme et la pondération mêmes. Anxiété d'où sourdait un malaise qui ne tarda pas à gagner Meunier, déjà bien mal en point.

Ne sachant comment couper court à la conversation, il se mit à arpenter le passage couvert où étaient implantées les boîtes aux lettres, créant sans s'en rendre compte un contrepoint au jeu de manches de Zimmerman.

Zimmerman psalmodiant sa litanie de « pas normal », en rythme avec les allées et venues de Meunier ; chacun tournant en rond dans l'inconfort sans trouver de porte pour en sortir.

Miraculeusement, Meunier se souvint qu'il avait soif.

– Et si nous allions prendre une bière à côté ? Quoi qu'il se soit passé, cela ne vous avancera à rien d'attendre sous le porche. Depuis la terrasse du café, nous verrons bien si le facteur se décide à faire une apparition.

Zimmerman semblait n'avoir pas compris. Lui eût-on proposé un voyage sur Saturne, ou l'invitation eût-elle été faite en oïrate (parlé dans le Nord-Ouest de la Chine, dialecte mongol), son air n'aurait pas été plus hébété.

– Vous savez, reprit Meunier, la terrasse en face, le Barretta, il fait encore bon, on pourrait y prendre un verre en surveillant la porte de l'immeuble.

Il avait l'impression d'avoir emprunté le vélo du facteur et de pédaler sur une terre trop meuble, voire des sables mouvants.

– Une bière, un café, une eau pétillante… un whisky, je ne sais pas moi, reprit-il en désespoir de cause, ce qui vous fera plaisir. Vous n'allez pas passer le reste de l'après-midi à faire le guet dans l'entrée.

Et puis de quoi se mêlait-il, pensa-t-il aussitôt, si Zimmerman avait envie de passer sa soirée, ou une nuit blanche, à faire le pied de grue dans la cour devant les boîtes aux lettres, c'était son problème après tout.

Une dégringolade. Défenestration de ferraille. Râle de cordes écorchées. Le cri d'un piano qu'on égorge. Puis un grand silence. Un silence dense. Lourd des résonances de cet acte cruel, de ce hurlement désespéré aux harmoniques de carnage.

Meunier arrêta net ses déambulations et Zimmerman cessa de tirer sur ses manches.

–Vous avez raison, allons boire un verre à côté.

Quelques minutes plus tard, Meunier trempait ses lèvres dans la mousse d'une blonde, pendant que Zimmerman faisait machinalement tourner sa cuillère dans une tasse de café pourtant sans sucre.

– C'est plus fort que moi, ça me fait dresser les cheveux sur la tête.

– Quoi ? Le manque de ponctualité du facteur ?

– Non. Les borborygmes musicaux que nous subissons depuis deux semaines.

– Ah, vous aussi ça vous insupporte ? Remarquez, j'ai de la chance, je ne les entends que lorsque je passe dans la cage d'escalier.

– Ce n'est pas seulement insupportable. C'est tout bonnement criminel. Et puis vous avez entendu, tout de même, ce n'était pas une hallucination auditive, on a bel et bien assisté à un suicide pianistique.

– Oui, euh, peut-être, je ne sais pas trop ce que c'était, mais ce n'était pas très harmonieux.

– C'est un euphémisme ! Je ne sais pas ce qu'on lui a fait à ce pauvre piano pour le faire hurler à la mort. Une bibliothèque entière s'est écroulée dessus ? Le pianiste a eu une crise d'apoplexie et s'est avachi sur le clavier ? Un illuminé s'est avisé de le préparer avec des brosses, des clous et des pinces ? On l'a forcé à se mettre au service d'une pièce de Steve Reich ? Mieux aurait valu Cage et ses *Quatre minutes trente-trois* de silence pour la paix de son âme. Pour la paix de nos oreilles.

Meunier, qui ne s'y connaissait pas vraiment en musique, avait du mal à saisir les références.

– Et puis ces brames qui envahissent l'immeuble tous les jours. C'est indécent de complaisance, indécent de petits arrangements avec le rythme et la justesse, indécent de compromission avec la partition, indécent de saccage de la musique. Ça devrait être interdit, condamné par la loi, passible de prison ferme ou d'exécution immédiate.

Meunier, qui avait éclusé son demi de bière, ne savait que répondre, et n'osait en commander un deuxième. Après tout, soupirait-il silencieusement, à chacun ses sujets de contrariété, mais celui-ci commençait à devenir assez envahissant, même s'il pouvait se targuer d'une certaine communauté. Il avait déjà bien assez à faire avec le bleu pastel qui s'était incrusté sur sa table de séjour pour ne pas se lancer dans la chasse aux pianos retors. Pastel, cire, d'ailleurs existait-il des vierges en pastel gras ? Piste à explorer…

Il fallait pourtant bien alimenter la conversation.

– Moi, vous savez, je ne l'entends pas trop, nos appartements ne sont pas contigus…

Maigre réponse au cahier de doléances. Cependant ne valait-il pas mieux faire diversion, et éviter à Zimmerman de revenir à son sujet d'inquiétude premier, à savoir le facteur ?

– C'est vrai que vous n'êtes pas logé juste au-dessus, j'ai le privilège du désagrément semble-t-il.

Meunier hésitait maintenant à commander un autre demi. Il avait très soif, mais cela ne risquait-il pas de donner à la conversation prétexte à s'étirer ?

Zimmerman créa la surprise.

– Pas de facteur, pas de respect de la musique, aucun savoir vivre. Journée perdue. Garçon, un whisky s'il vous plaît ! Sans glace. Vous reprendrez bien quelque chose ?

Meunier de s'étonner. En neuf, dix ans de voisinage, combien au juste, telle situation ne s'était jamais produite. Aucun d'eux n'aurait d'ailleurs pu l'imaginer. Meunier la moustache bordée de mousse, et Zimmerman faisant tourner un invisible glaçon dans son whisky commandé sec. Un ange passait. Une vierge peut-être. La Sainte Famille au grand complet, avec la bénédiction du Saint-Esprit. Si l'âne et le bœuf avaient traversé la rue, menés en laisse par un habitant du quartier, cela n'aurait pas été plus miraculeux.

Entre les deux voisins, le silence s'installait. Un silence d'une tout autre sorte. Un silence de bien-être. Pas celui, semi-comateux, des fins de repas trop lourdes, des ennuis délétères, ou des recherches désespérées de point de fuite.

Un silence rendu léger par deux bocks de bière et quelques gorgées de whisky, par des préoccupations aussi stupides qu'essentielles, par une fin d'après-midi paresseuse, un apéritif anticipé.

Un silence mis en exergue par le bruit de la rue, le passage des camions-poubelles, et les tôt fêtards de la nuit.

6

La semaine passait. Le facteur avait réapparu avec un billet d'excuse valable. Crevaison. Au moins cet épisode avait-il appris à Zimmerman qu'une alternative était possible à son supplice biquotidien. Le Barretta était somme toute assez agréable à cette époque de l'année où le soleil consentait à de timides rayons, lorsque les giboulées de mars qui s'attardaient en avril ne sévissaient pas. Quand bien même, cela donnait matière à échange avec les serveurs et les habitués quand il fallait d'urgence déplier l'auvent de toile, au pire se rapatrier à l'intérieur. Nouvel univers pour Zimmerman, dont on ne peut pas dire que la causerie ait jusqu'ici été le fort.

Meunier, quant à lui, profitait de ces accalmies météorologiques pour déserter son cinquième étage, laissant à l'illumination biblique la pleine possession de son espace vital. Après tout, qu'importait. La vie continuait, on verrait bien comment agir lorsque les santons de Noël rapporteraient la rigueur qui obligerait à crécher chez soi.

Chacun chez soi et Dieu pour tous, se disait Meunier ; chacun dehors et les troupeaux de facteurs seront bien gardés, pensait Zimmerman. Il est à noter, du reste, que ledit facteur effectuait son devoir de façon irréprochable, ponctuel et affable, saluant désormais Zimmerman d'un petit signe de la main lorsqu'il ressortait de l'immeuble, Zimmerman tout aussi impeccable, ayant troqué la position debout contre celle assise, un café le matin, un autre l'après-midi, ou parfois une eau minérale – l'épisode whisky étant demeuré exceptionnel.

Est-ce à dire qu'il y eut plus d'échanges entre les deux voisins ? À proprement parler, non. D'ailleurs, il n'était nullement question de parler. Chacun chez soi et Dieu pour tous, le café était devenu un lieu probable de concomitance, sans qu'il soit pour autant devenu de cohabitation. Chacun pour soi. Et qui pour tous ?

De l'autre côté de la rue, en revanche, on était plus généreux. S'il était une chose qui se partageait, ce n'était pas à la terrasse du Barretta.

Depuis le massacre à cordes frappées, les murs de l'immeuble laissaient quotidiennement suinter des sons d'origine douteuse, difficilement identifiables, mais à coup sûr disgracieux. On eût dit que quelqu'un prenait un malin plaisir à les déverser dans les gouttières, à les instiller note à note dans les gaines électriques, à les inoculer dans les conduites d'eau, à en cimenter les pierres de la façade, à en badigeonner le crépi des murs, à les propulser dans les systèmes d'air conditionné de ceux qui avaient la chance d'en bénéficier, à leur faire prendre l'ascenseur à chaque fois que quelqu'un s'avisait de l'emprunter, à les glisser sous les paillassons, sous les portes palières, et même à vous les faire sauter au nez pour peu que vous vous hasardiez à soulever le battant de votre boîte aux lettres afin de relever votre courrier.

Quelle affaire. Quelle cacophonie. Meunier en avait manifestement pris son parti, quand Zimmerman affectait une profonde indifférence à la perspective d'un drame dont on ne pouvait présager le nombre d'actes.

Le généreux inconnu, en revanche, laissait planer le mystère. Personne n'avait eu l'heur de voir son visage, à croire que son emménagement s'était fait secrètement, de nuit, que le piano tourmenté avait été introduit par les conduits de cheminée et que la voix de son maître, seul élément tangible, se nourrissait de l'air du temps, au point de n'avoir aucun besoin de ravitaillement ni de contact extérieur.

Si on faisait le compte, la partie s'avérait tourner en faveur des êtres volatiles, qui menaient de loin le jeu devant les simples mortels aux prises avec de basses considérations telles : ingérer une dose quotidienne de caféine, se désaltérer de malt ambré, se sustenter de quelque façon plus solide en ce qui concernait Meunier qui, délaissant sans regret ses monotones préparations sandwichaires, passait volontiers commande du plat du jour honnêtement mitonné dans les cuisines du café ; Zimmerman, de son côté, se satisfaisait de nourritures liquides : personne n'avait vu portée à sa bouche autre chose que la cuillère ayant vainement remué le café.

Zélé, le facteur arbitrait ce jeu étrange, assurait la navette entre l'intérieur et l'extérieur, indiquant chaque jour à Zimmerman d'un signe de tête l'éventuelle présence de courrier afin de lui éviter des allées et venues inutiles entre la terrasse du Barretta et sa boîte aux lettres.

Trêve des confiseurs, nous n'étions pourtant pas à Pâques ni à Noël, la situation ne pouvait perdurer.

7

De fait, elle ne dura pas. Intervention du Saint-Esprit ? Sarcasme luciférien ? La mèche prit feu un soir d'avril.

Fin d'après-midi rendue légère par un demi de bière et une méditation sur l'air du temps (parabole du malt et de la chambre noire, Évangile selon saint Photon, verset sept), Meunier se résignait à retourner vers son cinquième étage aux plafonds mansardés – illuminés par son hôte, de passage prolongé, qui le dispenserait bientôt d'abonnement à un quelconque fournisseur d'électricité –, rangeait avec regret sa chaise cannée sous la table du bistrot, traînait des pieds pour franchir les quelques mètres qui le séparaient du trottoir opposé. Pas de trace de Zimmerman, l'heure de la deuxième distribution du courrier étant dépassée depuis longtemps.

Schéma classique, l'ascenseur était en panne. Meunier montait en soufflant les degrés de l'escalier, maudissant cette ascension qui n'était plus de son âge, se promettant de déménager dès que possible dans un immeuble flambant neuf avec tout le confort moderne, du parking souterrain à la climatisation intégrée, comme savent si bien en faire pousser les promoteurs immobiliers de nos jours. Promesse de gascon, il ne quitterait jamais son cinquième étage, même sous la menace d'expropriation agitée par son indésirable occupante. Hors d'haleine, il dut faire une halte au quatrième étage.

Silence. Calme plat. Inquiétant, presque un silence de mort. Le piano aurait-il vu le bout de sa lente agonie ? Pas une note, pas une vocalise, pas un soupir, pas trace d'âme qui vive. Meunier gravit la dernière volée de marches dans la seule musique de l'impact de ses semelles sur le tapis usé. Deux tours de clef. À l'intérieur, aucun bruit, la lumière tamisée du soir tombant, curieuse sensation de vide.

Soudain, curieuse sensation d'anormal. De la porte de la chambre à coucher restée ouverte, une lueur filtrait par intermittence. Des éclairs. Des flammèches sanguines. Le soir qui tombait à peine s'était chargé d'un pourpre qui dégoulinait sur le parquet du couloir, formait des flaques mouvantes aux contours tourmentés. Précautionneusement, Meunier s'approcha de la porte, essayant de ne pas tremper ses pieds dans l'incarnat comme s'il eût risqué d'en vernir le sol de l'appartement. Percée dans la toiture oblique, la fenêtre était traversée de zébrures incandescentes. Pris de panique, Meunier ne savait s'il devait s'approcher ou prendre ses jambes à son cou. Tâchant de raisonner, il conclut que le feu n'avait pu se déclarer dans l'immeuble depuis son ascension, il l'aurait flairé étant donné la rapidité de son escalade. Ce ne pouvait être qu'à l'extérieur. Lentement, il s'approcha du chambranle et plongea les yeux dans le ciel devenu furieux. Des nuages noirs dansaient de l'autre côté du quai, au-dessus d'un brasier qui rendait la vue familière méconnaissable.

Tirant un vieux coffre à vêtements lourd de livres et de papiers, Meunier parvint tant bien que mal à le placer sous l'ouverture de la lucarne. Avec peine, il se hissa sur le couvercle – décidément, ce genre d'acrobaties n'était plus de son âge. Les nuages obscurcissaient le ciel encore gris clair, des nuages non pas d'étoupe ou de ouate comme on en voyait d'habitude, mais des nuages noir charbon, de fait des nuages calcinés, se contorsionnant au-dessus des flammes, se contorsionnant au-dessus du cœur de la cité qui se consumait.

De grandes vagues orangées en léchaient la toiture, on eût dit que la nef s'était transformée en une gigantesque marmite où bouillonnait un feu à réchauffer tous les diables. Incapable de mettre des mots sur ce qu'il voyait, Meunier n'eut pas non plus le réflexe de bondir sur son Leica. C'était trop. Intensité, violence des couleurs, stupéfaction, incrédulité, pourtant c'était là, devant lui, spectacle hypnotique qui le laissait sans voix et brûlait ses prunelles.

Combien de temps était-il resté là à regarder sans voir ? Par la fenêtre grande ouverte, des bouffées de carbone, des poussières de bûcher lui parvenaient par vagues, le faisant tousser et larmoyer tour à tour. Par la fenêtre grande ouverte lui parvenait la mort d'un monde qui était le sien, qui ne lui appartenait pas mais auquel il avait appartenu, sans avoir conscience d'en être. La mort des pierres, la mort du bois, la mort du souffle et celle de l'âme. La mort de cette vue avec laquelle il avait vécu depuis presque dix ans, la mort de ce paysage qui n'était pas fait des arbres ni des forêts auxquels il tenait tant, mais d'une charpente millénaire qui les avait un jour connus, ces bois, et s'éteignait en quelques secondes interminablement éternelles, en quelques secondes qui semblaient crier : « Vous voyez ! » Effectivement on voyait, on ne pouvait que voir, mais que regardait-on ? Que regardait-il, lui, perché sur le couvercle de son coffre, que regardait-il sans le voir, et que voyait-il sans le regarder ? Le ciel à présent s'était progressivement assombri, non de l'épaisseur des nuages et de la fumée, mais de la nuit bien réelle, bien vivante elle, qui entourait beffrois et contreforts de sa chaude présence, faisait rugir les orangés sanguins au travers même de la rosace, et, dans un grand cri, fit ployer ce doigt pointé vers le ciel par la volonté des hommes, châtiés, qui sait, par la justice divine, s'écroulant telle une carcasse monstrueuse au cœur de la cité dévorée par la nuit. Décapitée. Notre-Dame venait de perdre sa flèche.

Combien de temps resta-t-il debout, inerte, après le fracas des poutres calcinées grimaçant sous la fureur des flammes ? Combien de temps resta-t-il à contempler les geysers qui s'arc-boutaient aux contreforts, dans l'espoir de maîtriser la danse du feu ? La nuit prêtait son écrin aux rubis et grenats qui perlaient en cascade. La nuit se parait de joyaux inquiétants et sublimes, effaçant le temps et les siècles, renvoyant hommes et pierres à l'état de poussière, balayant culture et civilisation d'un large geste vengeur, les rayant des registres de l'éternité en quelques heures.

Meunier, les sens anesthésiés, n'entendit pas les brefs coups frappés à sa porte. Aveuglées, assourdies par le tapage muet qui avait pris possession de l'autre berge, ses oreilles avaient été jetées avec ses yeux dans le brasier. Il fallut que les coups redoublent d'insistance pour enfin le ramener à lui, comme stupéfait de se trouver debout sur le couvercle du coffre, dans l'embrasure de la fenêtre. Les coups répétés ne pouvaient être une hallucination. Quelqu'un se tenait derrière la porte d'entrée. Hagard, Meunier se retourna. Quelqu'un se tenait à la porte, non pas la porte d'entrée, mais celle de la chambre à coucher. Dans un état d'hébétude, il entendit sans comprendre.

– La porte n'était pas fermée, je me suis permis… peut-être n'aurais-je pas dû… je voulais m'assurer que tout allait bien… ce n'était pas normal votre porte grande ouverte…

Zimmerman, l'air embarrassé, se tenait sur le seuil de la chambre, l'index toujours replié contre le montant de la porte sur lequel il avait tambouriné. Le visage de Meunier affichait une incompréhension manifeste.

Zimmerman chez lui, Zimmerman dans sa chambre ne pouvait être qu'une apparition.

–Je ne voulais pas vous embarrasser, il y avait tellement de bruit avec ces sirènes, les nuages, la fumée… j'ai voulu aller voir par la lucarne des escaliers de service ce qui se passait, mes fenêtres ne donnent pas du bon côté… et puis j'ai trouvé votre porte ouverte, j'ai pensé à une effraction, un cambriolage, quelqu'un qui aurait profité de la panique…

Bien qu'il n'en crût pas ses yeux, Meunier était en train d'écouter Zimmerman qui, entrer ou sortir, ne savait que faire de sa personne.

–Je vais vous laisser, je vois que vous n'avez rien, je ne voulais pas vous importuner…

–Venez, dit Meunier.

La nuit était tellement incroyable qu'on n'en était pas à un miracle près.

–Approchez, insista Meunier, tendant vers Zimmerman son bras en signe d'invite.

Avec hésitation, Zimmerman s'approcha du coffre.

–Appuyez-vous sur moi.

Alors, miracle pour miracle, Zimmerman posa sur le bras de Meunier une main fine et extraordinairement légère, se hissant avec agilité sur le couvercle du coffre.

– Bon Dieu…

Côte à côte, les deux voisins contemplaient le spectacle ravageur qui s'offrait à eux, Meunier légèrement décalé vers l'encoignure de la lucarne, Zimmerman ayant oublié sa main sur son bras, comme une plume ou une feuille d'arbre qui serait entrée par la fenêtre.

– Dieu du ciel…

8

Dans la semi-obscurité de l'escalier, une ombre. Recroquevillée sur le paillasson du quatrième étage, une chose informe. Un chien ? Un grizzli ? Aux dernières nouvelles, le seul ours habitant l'immeuble était Meunier. Et Zimmerman avait laissé Meunier assis sur son coffre, la tête entre les mains, dans un état de stupeur tel qu'il paraissait fort peu probable qu'il se fût transporté jusqu'au paillasson du quatrième durant les quelques secondes que Zimmerman avait mises à descendre d'un étage.

Un chien ? Une bête sauvage ? Quel animal de cette corpulence pouvait-on en ville laisser ainsi en souffrance sur un paillasson ? Car de toute évidence, la chose n'avait pas l'air fort en point. La chose faisait dodeliner de droite à gauche une tête poilue en poussant à intervalles réguliers des gémissements rauques étouffés à grand peine.

Zimmerman, avec méfiance, descendit quelques marches et se planta devant le paillasson. S'habituant progressivement à l'obscurité, ses yeux essayaient de détailler la masse trapue sur laquelle on pouvait déceler la présence de quatre membres, quatre membres recroquevillés autour d'un tronc roulé en boule sur le paillasson ridiculement petit pour l'accueillir.

Venu du plafond, un craquement. Meunier avait dû se lever de son coffre.

Les membres ankylosés par de longues minutes d'immobilité se rappelant douloureusement à lui, Meunier s'était effectivement décidé à se lever pour faire quelques pas. Quelques pas hésitants, ceux d'un homme saoul ou convalescent, sans but, sans autre raison que la reconquête d'une réalité sensorielle extérieure, dans la déferlante rouge qui à présent se sentait comme chez elle de jour comme de nuit, dans le ciel et dans les maisons, in et extra muros, dans les yeux et dans les esprits. Titubant, trébuchant, Meunier tournait en rond dans sa chambre, incapable d'imaginer emprunter une autre trajectoire, une trajectoire qui l'eût conduit ailleurs dans l'appartement, ailleurs que sous le plafond mansardé contre lequel il se cognait régulièrement, ne serait-ce que dans le couloir où il eût pu faire quelques longueurs rectilignes la tête haute et le dos droit, reprendre ses esprits et une certaine verticalité dans son corps.

Au quatrième cependant, on était retourné à la verticalité. La chose était retournée à la verticalité, Zimmerman n'ayant jamais abandonné la sienne, fidèle à son maintien irréprochable. Soudain, à la vue de la silhouette de Zimmerman plantée devant le paillasson, la chose avait sauté sur ses deux pieds, et il s'était avéré qu'elle faisait partie de la classe des mammifères, sous-embranchement vertébrés, catégorie bipèdes, et qu'elle était même douée de la parole.

– Je... qu'est-ce que... c'est pas ce que vous croyez... je... qu'est-ce que vous faites là ?

Les mots se heurtaient, dans un désordre pas vraiment étudié qui en rendait la compréhension laborieuse.

– Qu'est-ce que je fais là ? Mais ce serait plutôt à moi de vous le demander. Que faites-vous là ?

La chose ne saisissait pas l'incongruité de sa question.

– Qu'est-ce que vous faites là ? réitéra-t-elle.

– Il me semble qu'habitant au troisième, j'ai tout de même le droit de me promener dans les étages si cela me chante.

– Chanter... oh non ! gémit la chose, se balançant lourdement sur ses deux pieds.

– Je vous prie de m'expliquer ce que vous faisiez roulé en boule sur ce paillasson.

Meunier à présent arpentait le couloir, ayant enfin réussi à s'extraire de la chambre à coucher.

À voir le zèle qu'il y mettait, il est certain qu'il eût pu bientôt se présenter en compétition olympique, restait à savoir dans quelle catégorie. Brasse ? Dos ? Natation en eau libre ? Vraisemblablement nageur de nage libre, dans un style bien personnel qui consistait à accomplir les longueurs sur ses deux pieds. Ces allées et venues lui faisaient du bien, contribuant à ramener chez lui un certain calme en même temps qu'une capacité de raisonnement. Derrière ses yeux concentrés sur sa trajectoire monotone, les images défilaient. Peu à peu, ses oreilles s'accoutumaient au contrechant des sirènes des pompiers et des forces de l'ordre sur une basse obstinée qui laissait libre cours à de multiples variations. Mais ses yeux, ses yeux eux n'avaient plus besoin de plonger dans la réalité du cadre de la fenêtre, ses yeux avaient imprimé sur la pellicule rétinienne les couleurs flamboyantes qui ressortaient maintenant en négatif, de grandes traînées incandescentes qui lui brûlaient les pupilles de leur blancheur surexposée. Que ferait-il de ces images qu'il n'avait même pas capturées ? Que ferait-il de ce qui était resté emprisonné entre sa paupière et son cristallin, accessible à lui seul ? Il fallait qu'il garde trace. Une trace tangible, pas un souvenir fugace qui risquait de s'estomper avec le temps. Il n'aurait su dire combien de kilomètres il avait parcourus dans le couloir, mais il savait désormais qu'il fallait qu'il fixe. Qu'il fixe son regard égaré d'un soir, qu'il fixe l'égarement du monde tel que lui l'avait perçu. Où était le Leica ? Dans le salon, à sa place, sur le guéridon. Résolu, Meunier poussa la porte.

– Je... bredouillait la chose, je faisais rien de mal, en fait je...

– Vous ? s'enquérait Zimmerman, manifestement toute ouïe.

– En fait j'habite ici, pleurnichait la chose.

– Je vous demande pardon ?

– C'est mon paillasson, c'est mon appartement, je vis derrière cette porte.

Zimmerman n'en croyait pas ses oreilles.

– Alors c'est vous, c'est vous tous ces... enfin je veux dire... ces... vocalises ?

La chose hoqueta.

– Oui, je sais... je sais ce que vous alliez dire... ces braillements, ces couinements, ces horribles sons qui dérangent à toute heure, ces cris indéfinissables, ces...

De gros trémolos de désespoir agitaient la voix de la chose, qui prenait ainsi une dimension que Zimmerman n'avait jamais encore entendue, une dimension plus grave, plus sonore, plus profonde et aussi plus pathétique, tristement troublante. Une voix barytonesque qui, elle, était à la mesure de ce grand corps barbu, qu'on imaginait mal se pourvoir d'un timbre fluet ou grimper à l'échelle du falsetto.

– Je sais, ça doit vous paraître bizarre... c'est complètement stupide cette histoire... je trouve plus mes clefs... j'ai dû les perdre... ou je les ai laissées à l'intérieur en claquant la porte derrière moi... je sais plus... je me souviens plus... rien à faire, j'arrive à me souvenir de rien aujourd'hui, c'est une catastrophe...

Zimmerman dévisageait le baryton dont le large vibrato était loin d'être désagréable et surprenait favorablement ses oreilles.

–J'ai réussi à rentrer avec le code, mais arrivé ici... coincé... je sais pas quoi faire... je connais personne ici, il est trop tard pour ressortir... de toute façon je saurais pas où aller... je connais si peu de gens à Paris...

Le grand corps barbu se dandinait sur son paillasson, comme s'il s'agissait du seul espace qu'il eût été autorisé à investir, n'osant mettre un pied hors de cette minuscule surface, terre d'asile en milieu inconnu et potentiellement hostile.

–Je vous demande pas de me croire... plutôt si, je vous demande de me croire, c'est juste comme ça... juste un stupide accident... cette journée n'est faite que d'accidents, c'est un cauchemar...

Dans l'ombre fleurissait sur le visage de Zimmerman un léger sourire, que le baryton ne pouvait deviner.

–Je vous demande pas de pitié, je sais bien que j'ai ennuyé tout le monde ici depuis que je suis arrivé, mais j'avais pas le choix, il fallait que... il fallait que... oh non, c'est terrible...

Le baryton se voila la face de ses deux grandes et larges mains, poilues elles aussi. Deux mains d'ours. Deux mains de géant.

Doucement, Zimmerman laissa glisser son sourire et ses doigts sur l'épaule du baryton.

Meunier avait résolument tourné le bouton en porcelaine blanche de la porte du séjour. La lumière ne s'y faisait ni plus douce ni plus tendre que dans la chambre à coucher. Peut-être légèrement atténuée par l'orientation de la fenêtre qui ne donnait pas sur les quais mais sur la rue adjacente.

Avec assurance, Meunier se dirigea vers le guéridon. Pas de mauvaise surprise, il était toujours à sa place, près de la fenêtre, et supportait vaillamment, outre une pile de livres, l'objet de sa visite, le compagnon d'une vie, son Leica. Pourquoi avait-il pensé «l'objet de sa visite»? Se sentait-il à ce point en visite dans son propre intérieur? Saisissant d'une main l'appareil par la bandoulière, la seconde placée sous le boîtier par précaution, il ne jeta pas même un œil par la fenêtre, fit volte-face, et se retrouva nez à nez avec la statuette sur la table du séjour.

Une vierge à présent voilée laissait couler des larmes de cire le long de son visage aux traits indéfinissables, un visage de cire fondue.

Zimmerman avait posé sa main sur l'avant-bras du baryton.

–Venez, nous descendons.

9

Un matin ordinaire. Un matin ordinaire qui ne trahissait nulle odeur de soufre, aucun relent de la nuit passée. Comme chaque matin qu'aucun signe distinctif ne marquait, Meunier descendait ses cinq étages, longeait les rangées de boîtes aux lettres, franchissait le seuil dans l'optique d'aller prendre son premier café au Barretta. Comment avait-il passé la fin de la nuit, il ne voulait pas le savoir. Au réveil, il avait déchargé le ventre du Leica d'une bobine qu'il irait déposer au laboratoire à l'ouverture. Ce qui lui laissait quelques heures de marge.

Ni plus matinal ni plus lambin qu'un autre jour, il souhaitait simplement s'asseoir en terrasse, laisser à son cerveau le temps de reprendre une activité décente grâce à l'action combinée de la caféine et de la lecture de la presse du jour, avant de se mettre en chemin vers le boulevard où il pourrait confier son bien et faire l'acquisition de matières premières qui lui permettraient de capturer le fruit du temps qui passe. Certes il aurait pu assurer le développement dans sa chambre noire, mais il s'était trop investi dans cette capture pour en effectuer un tirage qui aurait été déjà une première étape dans l'interprétation des faits. Il serait toujours temps plus tard d'en réaliser un second à la maison.

Matin ordinaire, enjamber le rebord du guichet de la porte cochère sans se casser la figure, regarder à droite, pas à gauche, avant de traverser (la rue est à sens unique), repérer une table libre, ni trop au soleil, ni dans les courants d'air, attraper le regard du serveur pour commander une noisette, se mettre à l'affût du journal qui devrait traîner sur une table voisine à moins qu'un client ne l'ait déjà accaparé, puis lever un peu le nez, pour voir la tête des clients justement, les clients du matin, les habitués et ceux qui se sont égarés là par hasard. Lever le nez et, surprise sans en être une, se trouver nez à nez avec Zimmerman et son café coutumier, Zimmerman dans une configuration pas très habituelle, Zimmerman face à un visage inconnu, dans une conversation peu loquace mais plutôt détendue, arborant un sourire épanoui qu'on ne lui avait pas vu jusqu'alors.

Petit signe discret de la main, salut de voisins, que faire ? S'approcher pour engager une conversation de politesse, ce qui eût pu paraître intrusif ? Rester à sa place, ce qui eût pu sembler peu courtois ? Meunier se sentait franchement mal à l'aise, ne sachant sur quel pied danser après son ballet nocturne.

Par chance, Zimmerman le dispensa de tergiverser plus longtemps, l'invitant du geste à s'approcher de la table. Obéissant, Meunier abandonna les feuillets de journal déployés, un crayon à mine grasse et la tasse de café vide, qui marqueraient l'occupation de la place sans toutefois être si précieux qu'ils puissent devenir objets de tentation. Les présentations furent rapidement faites, coupant court à toute équivoque.

– Je vous présente le nouvel occupant du quatrième, baryton. Meunier, le voisin du cinquième.

Meunier n'était pas expert en art lyrique, mais le visage barbu ne lui semblait pas correspondre à la tessiture des vocalises qu'il avait entendues.

– Excusez-moi pour mon inculture, mais il me semblait qu'une voix de baryton était plutôt... plutôt... comment dire... grave.

Zimmerman adressa au baryton un regard complice.

– Je crois que ce jeune homme aurait beaucoup à vous apprendre.

10

Revenons un peu en arrière. Rembobinons la pellicule jusqu'au moment où, abandonnant son paillasson, le baryton avait pénétré dans l'appartement du troisième cour.

Pas de souci de clef, Zimmerman avait même donné un tour au verrou une fois la porte refermée.

–Je vous en prie, avancez, c'est tout droit.

Se dirigeant à tâtons dans le couloir mal éclairé dont les murs étaient vraisemblablement porteurs de tableaux, gravures ou photographies mises sous verre, le baryton déboula dans une pièce de dimensions modestes encombrée de mobilier aux contours indistincts.

–Attendez, je vais allumer les lampes.

Ce qu'il vit à ce moment-là était-il conforme à ses attentes? Étant donné la précarité de sa situation durant la soirée, le baryton ne s'attendait à rien du tout. Et il faut rappeler qu'il ne connaissait Zimmerman que depuis quelques minutes, que peut-on attendre d'une personne dont on ignorait totalement l'existence jusque-là ?

Méthodiquement, Zimmerman actionna la poire de plusieurs lampes à abat-jour qui peu à peu apportèrent de la lumière en différents points.

– Je sais que l'opération peut paraître un peu fastidieuse, mais je ne supporte pas la crudité de l'ampoule du plafonnier. Cela tue tout. La lumière, c'est très important la lumière. C'est ce qui oriente le regard que l'on porte sur le monde.

Quel était le regard que son hôte portait sur le monde, se demandait le baryton, interrogeant meubles et objets pour en tirer quelque indice.

Quoique chargée, la pièce était loin d'être un bric-à-brac. Chaque chose avait été choisie avec minutie, révélant un goût certain pour les pièces anciennes et l'écriture.

Un secrétaire, du type bonheur du jour, occupait la place qu'on devinait d'honneur, près de la fenêtre. Deux bergères l'encadraient, style Louis-quelque-chose, il n'aurait su dire. Des rangées de livres bien classés garnissaient les bibliothèques qui habillaient les murs, quand des vitrines disposées sur diverses tablettes et guéridons renfermaient des plumes, crayons et stylets, peut-être même des sceaux et bâtons de cire à cacheter, mais de loin, difficile de distinguer cela avec précision. Un sofa, une grande bergère ou une méridienne, comment appelait-on ça au juste, apportait à l'ensemble un peu de confort, un confort très distingué toutefois, pas de celui dans lequel on se vautre un après-midi entier devant des séries télévisées. De poste de télévision, d'ailleurs, aucune trace, pas plus que d'ordinateur ou de quelque outil informatique. Terminant son inspection qu'il avait voulue la plus discrète possible, le baryton se retourna vers la porte où se tenait à présent son hôte. Sur la gauche, un grand meuble rectangulaire qu'il n'avait pas remarqué jusqu'alors. Pourtant pas de dimensions modestes, damant le pion au secrétaire. Une grande table rectangulaire, vraiment épaisse, sur laquelle rien n'était disposé, beau plateau de marqueterie partiellement protégé par un tissu de soie, curieusement dépouillée au regard du reste de la pièce. Seule une banquette, rectangulaire elle aussi, était rangée sous le piétement.

Le coup d'œil n'avait pris qu'une minute au baryton, durant laquelle Zimmerman avait eu le loisir de l'observer plus en détail.

À quoi ressemblait donc notre ours ? Et pourquoi était-ce la première image qui soit venue à l'esprit de Zimmerman ? À tout bien regarder, à part sa pilosité, rien ne l'apparentait à cet animal. Il était grand, très grand certes, un spécimen de géant avec une belle carrure. Pas une stature de bûcheron, simplement de larges épaules et des membres proportionnés au reste du corps. Et ces mains, ces mains dont il s'était voilé le visage quelques minutes plus tôt, ces mains qui se vêtaient d'un duvet blond tirant sur le roux n'étaient pas des battoirs. Elles étaient larges elles aussi, mais très longues, ponctuées par des ongles à la coupe nette et la teinte nacrée. Presque aristocratiques, songeait Zimmerman. En arrêt devant la grande table, le baryton avait recommencé à se balancer sur ses deux pieds.

– Vous devez être épuisé, prenez place sur la méridienne, je vous en prie.

– Je… je ne voudrais vraiment pas vous déranger…

– Vous ne me dérangez pas, c'est moi qui vous ai invité à entrer. Vous pouvez même vous allonger, ce sera plus confortable que sur votre paillasson.

– Je… balbutia le baryton… je… je ne sais pas comment vous remercier…

– Nous verrons ça plus tard. Pour l'instant, vous avez besoin de vous reposer. Demain vous me raconterez ce qui vous est arrivé, si vous en avez envie. Et puis nous appellerons un serrurier.

Ne se sentant pas la force de repousser la proposition, le baryton avait délacé ses souliers, des souliers vernis comme on n'en voit pas souvent chez les jeunes gens, se dit Zimmerman, et étendu sur la méridienne ses longues jambes terminées par des chaussettes rayées qu'on devinait neuves.

– Prenez autant de coussins que vous le souhaitez, insista Zimmerman, il y en a plusieurs sur le dossier.

– Je vous raconterai demain, je n'ai pas le courage maintenant, c'était trop dur cette journée, je…

Le baryton avait déposé sur les coussins couverts de velours sa tête toute en barbe et en cheveux. Dès que son crâne fut calé, malgré lui, ses yeux se fermèrent.

– Dormez autant que vous le voulez, je vais éteindre les lampes, nous verrons cela demain.

Irrésistiblement, les paupières du baryton s'étaient closes, et on pouvait à présent entendre son souffle aller et venir avec une régularité qui trahissait l'endormissement.

Zimmerman éteignit les lampes une à une, plongeant la pièce dans l'obscurité d'origine, mais, au moment de pousser le commutateur de la dernière poire, eut un moment d'hésitation.

S'asseyant dans une des bergères, à côté de la dernière lampe, Zimmerman s'attarda dans la contemplation de son hôte. Les cheveux longs, en bataille, presque emmêlés, contrastant avec le verni des chaussures et les chaussettes neuves, encadraient un visage quasi enfantin, arc des sourcils bien dessiné, nez presque droit, joues mangées par cette barbe broussailleuse d'un blond roux qui rappelait la pilosité des mains. Et ces lèvres, des lèvres ma foi fines mais très sensuelles, qui tressaillaient parfois sous l'influence d'un rêve peut-être, se pinçaient puis s'ouvraient dans un soupir de volupté tandis que des rides précoces venaient barrer le front, marquant du sceau du lion la naissance du nez.

Un visage émouvant de tourmente sous la lumière du dernier abat-jour, un visage illuminé, extatique.

Un visage de Christ, songea Zimmerman.

11

Lorsqu'une volée de cloches tonitruante tira le dormeur des bras de Morphée, Zimmerman avait depuis longtemps quitté ceux de la bergère. Le baryton avait-il eu à un moment conscience de sa présence ? Rien n'est moins sûr. Il avait dormi d'un sommeil de plomb dont seules les cloches avaient réussi à le tirer. Mais quelles cloches au juste ? Cela était tout bonnement impossible. Les cloches avaient dû être englouties dans l'incendie au même titre que la flèche. Il avait rêvé. Il avait rêvé ces sonneries qui avaient ponctué ses jours depuis des semaines, rêvé leur présence rassurante qui cadrait son existence, à laquelle il se cramponnait comme à un présage favorable, comme un noyé à une bouée de sauvetage. Le noyé était en vie, mais la bouée avait péri dans le naufrage.

Ruminant ces tristes pensées, toujours allongé sur la méridienne, le baryton avait-il eu la moindre conscience de la présence nocturne de Zimmerman ? Pas en tant que telle. Disons, pas de Zimmerman en tant que personne. Mais vaguement conscience de devoir sa survie à la présence d'un ange gardien qui avait veillé sur lui. Combien de temps cette veillée avait-elle duré ? Ce temps n'appartenait qu'à Zimmerman, et nous n'en pénétrerons pas le secret. Le baryton s'était donc réveillé seul, sain et sauf, étonné d'être toujours sur pieds dans un endroit dont il se remémorait à grand peine comment il y était parvenu. Ses yeux, errant des bergères au secrétaire, reprenaient avec surprise connaissance des lieux, bibliothèques, vitrines… et puis là, serrée dans l'encoignure de la porte, la grande table au plateau si épais. La curiosité le fit mettre debout. Lui qu'on aurait pu croire chancelant avança avec détermination vers un détail qui depuis plusieurs minutes ne cessait de l'intriguer.

Dans les montants de la table, une sorte de tiroir étrange dont il ne comprenait pas comment il pouvait coulisser. Pas de roulement, pas de glissière. En revanche, un abattant qui semblait se soulever dans le plateau. Il eut beau tirer, pousser, malgré ses efforts le couvercle demeura clos. Une serrure. Se penchant pour examiner l'objet de plus près, il remarqua une minuscule serrure dans la devanture de l'abattant. Une minuscule serrure pour une minuscule clef. Qu'est-ce que cela pouvait bien renfermer ? Soudain, il eut honte. Sous les poils de sa barbe, ses joues s'empourprèrent. Comment pouvait-il se permettre d'être si indiscret ? Se prenant lui-même en flagrant délit d'indélicatesse, il enfila prestement ses souliers dont il renoua les lacets. Une odeur de café filtrait au travers de la porte fermée. Invitation à se rendre dans un autre point de l'appartement ? Le baryton le prit comme tel, troublé par son audace des dernières minutes.

Une fois ouverte la porte de la pièce, l'alléchante odeur de café le guida dans le couloir vers ce qui devait probablement être la cuisine. Au passage, il eut la tentation de s'approcher des cadres accrochés aux murs, mais jugea avoir atteint un seuil maximal de curiosité pour ce jour. Au flair, il se laissa glisser vers la porte de la cuisine, qui de fait était ouverte. Nulle surprise, Zimmerman se trouvait à l'intérieur, surveillant une petite cafetière à l'italienne qui chantait depuis quelques instants. Sans avoir besoin de se retourner pour deviner sa présence, Zimmerman le salua.

–Avez-vous bien dormi ?

Le baryton s'éclaircit la voix pour bredouiller que, oui, effectivement, il s'était bien reposé, et ne savait comment remercier pour

–Asseyez-vous, le café est prêt. Mais peut-être préféreriez-vous du thé ?

Le baryton n'avait aucune préférence, merci, le café était parfait, exactement ce qu'il lui fallait, c'était trop de générosité d'ailleurs…

– N'exagérons rien, le café c'est juste un peu d'eau et beaucoup d'oreille pour parvenir à la bonne combinaison. Par contre, vous m'excuserez, les placards sont vides, nous sortirons tout à l'heure trouver de quoi vous remplir l'estomac de façon plus conséquente.

Confus, le baryton, sentant quelques borborygmes se manifester au plus profond de son ventre, s'assit, espérant par le changement de position calmer ces bruits inconvenants.

Cérémonieusement, Zimmerman posa la cafetière sur un carreau de céramique qui faisait office de dessous de plat, et disposa de part et d'autre deux tasses et soucoupes de porcelaine que le baryton jugea chinoise d'après les dessins qui les habillaient. Sucrier de la même origine, pince à sucre, il n'était pas habitué à un tel décorum, et saisit avec maladresse un carré roux qu'il laissa tomber dans son café dès qu'il y fut invité.

– Peut-être auriez-vous préféré du miel ou du sucre blanc ? (Rappelons que Zimmerman buvait son café noir sans sucre.)

Le baryton ne préférait rien du tout, trop heureux de ce breuvage providentiel qui contribuait déjà à le rasséréner.

– Je me suis permis d'appeler un serrurier. Il ne peut pas venir tout de suite, mais il sera chez vous en fin de matinée. Cela nous laisse un peu de temps pour causer.

Du temps, le baryton en aurait à foison désormais, après ses mésaventures du jour passé. D'ailleurs, à quoi allait-il bien pouvoir occuper son temps ?

– Mais ne vous pressez pas, une autre tasse de café peut-être ? Et ne vous sentez pas obligé d'entretenir la conversation.

Un silence flotta dans la cuisine, mêlé aux vapeurs de café, un silence peut-être légèrement embarrassé.

Un ange passait.

12

Qu'avait raconté le baryton dans la cuisine de Zimmerman, et d'ailleurs, avait-il dit quelque chose ? Laissons pour l'instant ce secret entre eux. Il semble qu'ils n'aient pas encore envie de le partager avec Meunier qui s'attarde sans savoir que faire devant leur table. Réclamer à cor et à cri l'information promise ? Il n'avait pas été question de promesse, demander des précisions eût été pour le moins impoli. Dans cette histoire, c'était à qui craignait le plus de se rendre coupable d'indiscrétion.

Excepté Zimmerman. Personne n'aurait réussi à prendre Zimmerman en flagrant délit d'indiscrétion.

Du reste, le serrurier venait d'arriver devant la porte de l'immeuble.

Heureuse providence.

13

En résumé, le baryton, après avoir englouti ses deux tartines beurre-confiture, s'apprête à gravir les quatre étages, suivi du serrurier, chinois lui aussi, journée à thème. Zimmerman, dans la plus grande quiétude, reste en terrasse profiter du soleil et du temps qui passe. Et Meunier, qui n'a pas vu le temps passer, règle avec précipitation son café avant de se jeter dans la traversée de la Seine, non à la nage, mais sur un des ponts qui le mènera au plus droit vers le boulevard des photographes.

Journée ordinaire, où chacun vaque à ses occupations plus ou moins issues des désordres de la nuit qui s'affichent en première page du journal que Meunier n'a pas eu le temps de lire, et que Zimmerman se refuse à ouvrir, et puis, dans la précipitation, Meunier a oublié son crayon à papier sur la table près de sa tasse, crayon que Zimmerman ramasse car, quoique de peu de valeur marchande, il pourrait faire défaut à son propriétaire, ou être porteur d'une valeur sentimentale insoupçonnée. Un crayon est un crayon, et un objet est un objet, Zimmerman, on l'aura remarqué, s'attache aux deux catégories, et ne peut le laisser en souffrance sur la table où il aurait tôt fait de disparaître au fond des poches d'un inconnu peu scrupuleux, ou dans les poubelles du café, en compagnie de bûchettes de sucre éventrées et de biscuits secs immangeables.

Chacun en était là de ses préoccupations et petites routines bien huilées.

Honnête. Soyons honnête. Après l'épisode de la veille, qui des protagonistes pouvait se déclarer sincère avec lui-même ?

Dans la mesure où, parti à la chasse aux étincelles, Meunier ne se cachait plus son ennui, on pouvait penser que, de son côté, la sincérité commençait à poindre.

Après le scénario apocalyptique de la journée précédente, le baryton, on le verra par la suite, sera bien obligé d'assumer une part de lui-même qu'il n'osait regarder en face.

Mais Zimmerman, Zimmerman sous ses dehors toujours si polis, si discrets, si cultivés, si attentifs, bienveillants, altruistes, mesurés, sages, songeurs parfois, sous ses vêtements et son esprit tirés à quatre épingles, est-ce que Zimmerman faisait preuve de sincérité ?

Était-il juste de voir Zimmerman tirer en longueur ses jours à la terrasse du Barretta, ouvrant à peine un livre et mettant soigneusement de côté les bûchettes de sucre comme en temps de disette, est-ce que Zimmerman aurait pu en son âme et conscience attester de sa propre sincérité ?

Lecteur, vous vous sentiriez peut-être trahi…

14

Et si Zimmerman abandonnait le contrôle ? Si Zimmerman laissait tomber toute planification de ses jours et de ses nuits ?

Il est un peu tôt pour envisager une entreprise de cette envergure. Laissons à Zimmerman le temps de remonter ses trois étages, pendant qu'au quatrième on s'agite autour de la serrure à grands renforts de perceuse, le charme suranné des crochets et cylindres d'extraction n'ayant pas suffi.

Meunier, durant sa traversée de la Seine, a eu de son côté le temps de réfléchir. La précipitation ne sert à rien, et les vertus de la marche à pied sur la capacité de réflexion ne sont plus à démontrer. Meunier, donc, durant le temps du trajet, change son fusil d'épaule. Les deux pellicules mitraillées en quelques heures, minutes, il ne saurait le dire et peu importe, nécessitent certes de la distance mais aussi du discernement. Rien ne sert de se précipiter. Une planche contact fera très bien l'affaire dans un premier temps. C'est un peu stupide, dans la mesure où il aurait tout simplement pu la tirer chez lui, mais à présent qu'il a parcouru tout ce chemin, autant aller jusqu'au bout. Il bifurque donc avant le boulevard, et se dirige vers un laboratoire photographique où il est connu comme le loup blanc, bien que son pelage soit encore davantage poivre que sel si on n'y regarde pas de trop près. Il bifurque, entre, et, en vertu de sa notoriété, on lui accorde sans qu'il ait besoin de fournir trop d'explications un tirage express, c'est-à-dire… le temps du tirage. Quitte à avoir parcouru cette distance, autant profiter de l'endroit. Ce ne sont pas les cafés qui manquent pour tuer le temps, mais curieusement, Meunier ne cède pas à sa pente naturelle qui eût consisté à s'asseoir à la première terrasse venue pour commander un demi, non, Meunier reprend la rue en sens inverse, contourne la place et opte pour le second boulevard à sa droite pour, très consciencieusement, se rendre chez son fournisseur de matériel habituel. Autant que cette expédition serve à quelque chose, il manquait de papier baryté, révélateur en poudre et autres fixateurs.

Le patron de la boutique est une vieille connaissance, d'habitude peu disert, mais il semble que la journée ait un mot d'ordre.

–Alors, vous avez fait des bobines hier ?

Meunier n'a manifestement pas très envie d'entendre, ou plutôt de comprendre.

– L'incendie ! Vous avez pris des photos ? J'imagine que vous avez déjà contacté les journaux ? C'est une affaire juteuse...

Meunier hausse les épaules, dans quel monde vivons-nous, avant de réaliser que, jusqu'à la veille au soir, c'était le sien.

Zimmerman entame l'ascension des trois étages pendant que, dans un dernier râle, la serrure récalcitrante rend l'âme, percée en plein cœur.

– Vous voyez, c'est pas si compliqué, suffit d'un peu de patience.

Le baryton estime que de patience il a suffisamment fait preuve jusqu'ici, il a maintenant hâte de rentrer et de pouvoir fermer la porte derrière lui.

– Mais comment je vais faire pour verrouiller la porte avec tout ça ?

– Attendez un peu, j'ai pas fini, je vais évidemment pas vous laisser comme ça, je vais poser un autre barillet.

– C'est long ?

– Soyez pas nerveux comme ça, faut bien que je vous l'arrange quand même votre porte.

Malgré les quelques heures de sommeil récupérées sur le sofa de Zimmerman et les deux tartines qui lestent plus ou moins son estomac, le baryton bout d'impatience de s'asseoir dans sa cuisine pour ouvrir le premier paquet venu de petits-beurre ou de madeleines sous vide avant de s'allonger enfin sur son propre lit. Il est cependant tiré de ses rêves de bien-être par une voix qui, étant donné son timbre et sa portée mesurée, ne peut pas être celle du serrurier et l'interpelle.

– Tout va bien là-haut ? Vous avez réussi à entrer ?

Peut-être aurait-il été de bon ton d'inviter Zimmerman à monter prendre un café en gage de remerciement, même si le désir le plus profond du barbu était de se retrouver seul et qu'on lui fiche la paix.

– Oui, la porte est ouverte… Voulez-vous… Est-ce que ça vous ferait plaisir de monter prendre un café ?

Le baryton retient sa respiration, mais aucun bruit de pas n'indique une intrusion imminente.

– C'est très aimable de votre part, mais nous remettrons ça à une autre fois. Bonne journée à vous, reposez-vous bien.

Et le baryton entend claquer légèrement la porte du troisième, pendant que la sienne hérite d'un barillet flambant neuf et d'une paire de clefs assortie.

– Voilà, vous voyez, c'était pas si long.

– Merci, je vous dois combien ?

À l'annonce du tarif, il fait la grimace. C'est payer vraiment cher la journée d'hier qui lui a déjà coûté beaucoup. Peut-être faudrait-il qu'il songe à confier un double de ses clefs à quelqu'un, par exemple à…

Réalisant qu'il ne le connaissait pas, il se demandait quel pouvait être le prénom du saint Pierre ou saint Bernard qui logeait en dessous.

15

Réflexe quasi pavlovien, Zimmerman verrouilla la porte après l'avoir refermée. Puis, se dirigeant vers le fond du couloir, sortit d'un trousseau gainé de cuir une clef minuscule qui provoqua un instant de contemplation religieux, quasi extatique.

Sans hâte, Zimmerman avança, voire flotta, vers la pièce du fond et déposa sa lourde légèreté, ou sa légère lourdeur, sur un siège. Non pas sur la méridienne, pas plus qu'entre les bras maternants des deux bergères. Zimmerman déposa son poids ainsi que celui de ses réflexions sur le velours de la banquette qui avait été tirée de sous la table. Rien ne semblait presser, le temps était suspendu autour de la contemplation de la toute petite clef à tige cylindrique et tête arrondie en forme d'anneau, le museau du panneton tout en courbes adouci. Minuscule au creux de la paume de la main, elle aurait tout aussi bien pu se faire talisman contre le mauvais œil, signe distinctif d'appartenance à un ordre quelconque, ou parure discrète autant qu'originale si elle avait été suspendue par exemple au moyen d'une chaînette. Mais la clef ne paraissait pas pressée de quitter le creux de la main de Zimmerman, à moins que Zimmerman n'ait retenu délibérément le moment d'en avoir un usage plus conforme à sa destination.

Plongés dans l'observation du petit objet, ses yeux ne semblaient chargés ni d'impatience, ni de désir quelconque, plongés ni dans ce que l'on aurait pu nommer méditation, ni dans ce qui aurait pu être mélancolie, peut-être tout simplement plongés dans le vide. Et comment occupe-t-on ce vide qui, tout comme le temps, a une tendance naturelle à la dilatation quand on ne sait qu'en faire ? Zimmerman y avait un remède bien particulier, qu'il n'était nul besoin de prendre en hâte, et dont au contraire on jouissait de l'attente du réconfort promis. Était-il seulement question de désir ou de plaisir dans tout ceci, lorsque la simple contemplation d'un petit morceau de maillechort pouvait apparemment vous conduire au paradis ?

Combien de minutes ou d'heures passèrent ainsi, dans le calme retrouvé de l'immeuble, dans le calme retrouvé du jour après la nuit, qui le sait, Zimmerman peut-être n'en avait nulle conscience et ne s'en préoccupait guère.

Qu'est-ce qui engagea sa décision d'insérer l'accueillage dans la serrure ? Peut-être un glissement dans le temps, un glissement imperceptible vers ce que l'on pourrait nommer ennui, un trop plein de vide qu'il devenait nécessaire de remplir.

De fait, la tige se trouva bientôt, ou bien tard, engagée jusqu'à l'embase dans la serrure à garnitures et pivota d'un tour entier avant de libérer un bruit sec, et l'accès à ce dont elle assurait la protection. Mais qu'était-il donc si nécessaire de protéger, vous demandez-vous probablement, perdu dans la contemplation de ce moment d'inaction ou de non-action le plus achevé de ces pages (pourtant, souvenez-vous, ce ne sont pas les moments dédiés au rien faire qui manquent depuis le début de ce récit) ? Rappelez-vous aussi Zimmerman en position assise sur la banquette, la banquette tirée de sous la grande table, et, ménagé dans la grande table, une sorte de curieux tiroir percé d'une serrure qui avait attiré l'attention du baryton d'une façon un peu trop vive. Curiosité, la vôtre, bientôt libérée, ainsi que le tiroir, qui ne coulisse pas, mais se laisse soulever vers le haut en un rabat rectangulaire articulé.

Zimmerman posa la clef sur la banquette, puis ses mains sur ses genoux, avant de se décider à relever le couvercle, redressant une longue baguette retenue par une charnière et qui maintint ledit couvercle ouvert, révélant son mystérieux contenu.

Zimmerman souffla pour en éliminer un hypothétique, et d'ailleurs inexistant, voile de poussière, et commença le commerce des harpes célestes.

16

Sac au dos, Meunier remontait son précieux chargement par l'escalier devenu à présent inévitable, précieux chargement constitué de révélateur – en poudre heureusement, moins lourd que la version liquide et d'une meilleure qualité de conservation –, de vinaigre d'alcool – dont il fallait bien supporter le poids –, d'un stock de pellicules format 120 en 125 et 400 ASA – le fixateur par chance n'était pas nécessaire aujourd'hui, il attendrait jusqu'à l'intervention de la société de dépannage de l'ascenseur. Dans la main qui n'agrippait pas la rampe, Meunier tenait avec précaution un grand carton à dessin qui visiblement méritait plus d'égards que le contenu du sac à dos. Carton à dessin à cordons dont, quoiqu'il ne fût pas en plastique transparent mais en carton épais vert moucheté de noir avec poignée prédécoupée, nous allons vous livrer le contenu. Ni vous ni moi n'avons don de voyance, mais Meunier sait bien, lui, qu'à l'intérieur du carton, entre les feuilles de papier baryté fragiles, se cachent les témoins de la nuit précédente. De minuscules témoins, format vignette, alignés les uns derrière les autres, attendant leur heure pour livrer leurs secrets. Fragilité du papier, immaculé comme imprimé, qui nécessitait les soins jaloux dont Meunier entourait son portfolio. Passablement éreinté par sa course post-matinale, l'ours en venait à maudire une fois de plus l'inconfort récurrent des commodités de l'immeuble, soulevant un pied après l'autre en tâchant de ne pas heurter le carton contre le grillage de la cage d'ascenseur, encore moins de le lâcher. Soufflant non comme un ours mais comme un bœuf, s'appliquant à mesurer ses mouvements, il en vint une fois encore à estimer que la halte sur le palier du troisième était non seulement utile, mais réellement indispensable. Pas un bruit à horizon d'oreille, il pouvait même se permettre de s'asseoir sur la dernière marche, adossé contre le mur, le carton à dessin reposant presque sur le paillasson de Zimmerman. D'ailleurs, il se prenait à rêver d'une sieste qui l'eût récompensé de ses efforts avant de mettre en branle la deuxième phase de l'ascension. Troisième sur cinq étages, on était à la mi-temps, un peu de délassement ne pouvait être répréhensible, pour un peu il aurait décapsulé une bière fraîche s'il en avait eu une sous la main. Et quand bien même, aucun bruit ne trahissant la présence de l'occupant du troisième au travers de la porte, il pouvait s'accorder quelques instants de répit, on verrait le moment venu si quelqu'un s'avisait de montrer le bout de son nez.

Meunier cala son dos dans l'arrondi du mur de la cage d'escalier, et ferma les yeux pour quelques secondes voluptueuses. S'était-il assoupi ? Avait-il rêvé ? Ses yeux clos lui permettaient-ils de mieux ouvrir ses oreilles ? Hallucination auditive ou rêve éveillé, une ligne lui parvenait au travers de la porte. Infime, ténue, une ombre de mélodie qui aurait pu se glisser entre les feuilles de papier baryté tellement il était difficile de la saisir, tellement les sons étaient diaphanes et volatiles. Meunier frotta ses yeux plutôt que ses oreilles. Entendait-il encore ? L'apparition avait disparu. Sur la pointe des pieds, comme elle était venue. Au risque de se faire surprendre, Meunier prolongea sa halte sur le palier, mais le silence ne s'en fit que plus épais. Allons, il fallait bien repartir. Il n'allait pas passer sa journée assis sur une marche à guetter un fantôme qui lui glissait entre les feuilles.

Épargnons-nous les détails de la suite de la remontée, l'essentiel étant que Meunier puisse avoir regagné son appartement à peu près sain et sauf. La porte lourdement refermée, il n'eut cette fois aucune hésitation. Entre les invasions et les hallucinations, cet immeuble allait bientôt devenir invivable, il fallait que cela cesse, on allait voir qui était maître à bord. Il franchit d'un pas résolu le seuil de la porte du séjour et posa le carton à dessin sur la grande table ronde, déterminé. Cependant, mais était-ce son regard auquel la résolution faisait défaut, en écho aux mouchetures du carton, de petites taches bleues éclaboussaient le plateau de la table. Des mouchetures en relief, comme on en voit à la surface des gâteaux d'anniversaire et à l'embase des porte-cierges, des éclaboussures de cire fondue aux formes aléatoires qui, d'un bleu ciel très convaincu, avaient pris racine sur le bois du plateau. Meunier ne s'en émut pas, et prit place en face de son interlocutrice muette. Fatalement, la conversation tournerait au soliloque; il n'en avait cure.

« Avez-vous parfois commerce avec vos proches? Je sais, les histoires de famille c'est rarement facile, j'imagine que lorsqu'elles sont saintes, ça ne doit pas arranger les choses. Mais peut-être avez-vous pu leur toucher un mot, là-haut, de ce qui s'est passé ici-bas? Non? Vraiment rien? Pas le moindre petit échange? Pourtant, je vois que vous avez été touchée, ne niez pas, n'ayez pas honte, je ne sais si ce sont des larmes de miséricorde, mais elles sont incrustées à vos pieds. Leur avez-vous parlé? Est-ce qu'ils sont au courant? Vous savez, n'ayez pas de scrupules avec moi, je peux tout entendre. Je peux vous montrer aussi. Voulez-vous? Je sais que vous n'avez pas besoin de mon secours, mais regardez quand même. Si, si, j'insiste. Certes c'est minuscule, mais ça établit l'ampleur des dégâts. Vous voyez, ici, et là? Les trous béants? L'appel à l'aide? L'abandon? Le sentiment que lui, là-haut, le patriarche de votre tribu, a quitté le navire ? Déserté la nef en tout cas ? Imaginez-vous combien on peut se sentir petit face à cela, encore plus petit que ces vignettes, encore plus petit que vos larmes bleutées qui ont attaqué le vernis de ma table ; d'ailleurs il va falloir que je les gratte vos larmes, et que je les rattrape, décaper le plateau et refaire le vernis, au tampon s'il vous plaît, ce n'est pas n'importe quelle table, celle-ci avait du prix, du moins à mes yeux, de même ce que je regardais tous les matins par ma fenêtre, sans avoir à tout prix besoin d'y croire. Vous ne me croyez pas ? Mais, à présent que vous vous êtes laissée fondre, allez-vous cesser de vous voiler la face ? »

17

Allongé à plat dos sur son lit, le baryton n'a pas plus que nous don de voyance, mais, par le truchement de sa mémoire, pourrait nous permettre de pénétrer un peu plus avant dans ce qui s'était dit dans la cuisine du troisième cour au petit matin.

Pour l'instant, ses souvenirs se laissent bercer entre rêve et conscience, dans la volupté de savoir que ce va-et-vient pourrait durer de façon indéterminée puisque rien ne l'oblige à en sortir.

Zimmerman, la bergère, la cuisine, l'odeur du café, le paillasson, le serrurier, la table étrange, les clefs perdues, la journée perdue, le temps coulé, sombré, et tous ses espoirs avec.

Manifestement, Zimmerman n'avait pas son pareil pour se faire raconter ce que nul autre n'aurait réussi à savoir.

Comment s'y était-on pris de part et d'autre pour se livrer autant, ou si peu, sans se connaître ?

Le silence mesuré du troisième attirait comme un aimant les confidences qui venaient se loger entre des oreilles dont on sentait que jamais elles ne révèleraient ce dont elles avaient été dépositaires. A contrario, était-ce le désespoir discret du barbu qui avait suscité la sympathie de son hôte, le fait est qu'à la mesure de son écoute, sa langue s'était elle aussi quelque peu déliée. Allez, nous le sentons bien, aucun d'eux n'a fondamentalement envie de révéler ce qu'on lui a confié. Nous en aurons été quittes pour notre impatience, match nul, chapitre clos, il nous faudra nous familiariser davantage avec nos protagonistes pour pénétrer leurs rêveries et méditations. Nous y viendrons en temps voulu ; le seul pour l'instant à afficher une lecture limpide est Meunier, aux prises avec son soliloque métaphysique.

18

Arrivé au pied de l'escalier, Meunier constata avec plaisir qu'un technicien de la société d'entretien des ascenseurs était à l'œuvre. Il était temps, cela faisait plus d'une semaine que cette histoire durait, le désagrément finissait par virer au cauchemar. La journée commençait bien, il avait eu au réveil quelques bonnes idées qu'il se promettait d'approfondir, carnet de croquis et crayon à l'appui, à la terrasse du Barretta, se réjouissant par avance de l'odeur du café délivrée par le percolateur. S'ajoutant à cela, le miracle de l'intervention du réparateur d'ascenseur, auquel on ne s'attendait plus, le rendait vraiment d'excellente humeur.

Derrière la porte vitrée, une ombre dans le hall d'entrée, plantée devant la boîte aux lettres. Trop grande, beaucoup trop grande pour être celle de Zimmerman, une carrure particulièrement reconnaissable. Le baryton avait pris la place de

Zimmerman. Pas au point de lui relever son courrier tout de même, s'interrogea Meunier. Après tout, qu'en savait-il ? Peut-être leur nouvelle complicité avait-elle autorisé de menus échanges de services. Non. Dans le hall d'entrée, le barbu tournait et retournait une enveloppe entre ses doigts avec un air de perplexité, lui, bel et bien emprunté à Zimmerman. L'enveloppe, cependant, déjà décachetée, devait lui appartenir. Décidément, pensait Meunier, les boîtes aux lettres suscitaient bien des émois dans cet immeuble.

À son approche, le barbu, sourire gêné, releva la tête.

– Bonjour… euh… nous nous sommes croisés l'autre jour au café… le voisin du quatrième… nous avons à peine été présentés… j'espère que je ne vous ai pas dérangé ces derniers jours…

Une fois encore il se dandinait sur ses deux pieds, comme embarrassé par les dimensions d'un corps qui lui eût été trop encombrant. Meunier, lui, avait toujours vécu les siennes avec paix et bonhommie, n'ayant jamais éprouvé le besoin de s'excuser de sa carrure ursidée. Le malaise du jeune homme, toutefois, lui faisait peine.

– Vous attendez quelque chose ou quelqu'un ? J'allais prendre un café en face, si vous n'avez rien de particulier à faire, nous pourrions y aller ensemble.

En toute honnêteté, Meunier aurait bien aimé entamer le colloque avec son triumvirat : crayon, carnet et café. Mais décidément, le barbu avait quelque chose d'attendrissant dans ce corps trop vite poussé en graine.

– C'est très gentil de votre part… encore une fois, je ne veux pas vous déranger…

– Arrêtez de vous excuser, c'est un peu tôt pour la bière, mais un café n'a jamais fait de mal à personne.

Voici donc le baryton, non pas bras dessus bras dessous avec le photographe, il ne faut pas exagérer, mais lui emboîtant le pas, franchissant la porte cochère en faisant attention à ne pas buter sur le rebord du guichet, s'installant à une petite table ronde sur laquelle, n'ayant pas de sac avec lui, il est bien obligé de poser son enveloppe, ne pouvant indéfiniment la faire tourner entre ses doigts, ni ridiculement la poser sur ses genoux – de veston n'étant pas non plus pourvu, qui eût pu l'abriter dans une poche intérieure.

– Beau temps, hein… amorça Meunier qui, quoique sensible aux variations de luminosité par profession, n'était pas particulièrement féru de considérations météorologiques.

– Oui, vous avez raison, ça fait du bien après… après… après toute cette agitation…

Fallait-il séance tenante mettre sur le tapis les heures brûlantes qui avaient dévoré la dernière semaine ? Meunier préféra temporiser.

– Et puis vous avez vu, ils sont enfin venus réparer l'ascenseur, l'immeuble va redevenir fréquentable. Je ne sais pas vous, mais moi grimper mes cinq étages plusieurs fois par jour, ça devenait un supplice.

– Oui, oui, vous avez raison, enfin j'imagine…

Le baryton aurait voulu faire disparaître le plus rapidement possible l'enveloppe rectangulaire qui seule occupait la table, avec son nom dactylographié noir sur blanc au centre, et un tampon marquant en haut à gauche l'origine de son expédition. Il n'avait pas eu la présence d'esprit de la poser à l'envers, et il était à présent trop tard pour effectuer discrètement la manœuvre.

Par chance, Meunier était myope comme une taupe, un comble pour un ours, et par coquetterie ou par confort, avait cessé depuis des années de porter quotidiennement ses lunettes. Vivre dans le flou était pour lui un luxe, la mise au point étant réservée à ce qu'il captait dans le viseur. Mais de cela, le barbu ne pouvait se douter. Par chance encore, le garçon arriva rapidement avec les consommations, ce qui permit de reléguer l'enveloppe en bout de table pour faire place aux tasses et verres d'eau. La translation toutefois n'échappa pas à Meunier qui, ne pouvant pas passer la matinée à échanger des banalités sous peine d'en venir à évoquer la collecte des ordures ménagères et les négligences du conseil syndical en matière d'entretien des parties communes, mit sciemment les pieds dans le plat.

– Mauvaises nouvelles ?

– Euh… pardon… ?

Le barbu manqua s'étouffer avec son café.

– Vous aviez l'air préoccupé tout à l'heure quand je vous ai croisé dans l'entrée.

Le baryton en serait venu à se maudire d'avoir accepté ce café de malheur. La dernière chose au monde dont il avait envie de parler était du contenu de cette enveloppe qui encombrait la table au point qu'on ne voyait qu'elle. Il soupira.

– Ne vous inquiétez pas, vous n'avez pas besoin d'en parler. Je disais juste ça comme ça.

Meunier replongea dans sa tasse, pensant qu'après tout, il se moquait éperdument des problèmes du nouveau venu, et qu'on ne le reprendrait plus à poser des questions de pure rhétorique ; en définitive, là, maintenant, il avait besoin de travailler et, au lieu de fourrer son nez dans les affaires d'autrui, de flairer ce que ses lumineuses idées du matin pourraient révéler.

19

Après tout, peut-être le moment était-il venu de se débarrasser de ce fardeau. À présent que le mal était fait et entériné, à quoi bon en avoir honte.

– C'est une longue histoire…

Meunier grimaça intérieurement. Le moment du face-à-face avec lui-même était sur le point de reculer dangereusement. Que faire, que dire ? Il aurait mieux fait de se mordre la langue quelques minutes auparavant.

– Je ne vais peut-être pas remonter jusqu'au début, ça va vous ennuyer…

– Mais non, mais non, allez-y, je vous écoute.

Et le barbu de soupirer à nouveau, faisant tourner la cuillère dans sa tasse de café, sucré.

– Une autre fois peut-être, je ne vais pas m'étendre, mais oui… mauvaise nouvelle.

Bonne et mauvaise nouvelle pour Meunier. Il n'allait pas avoir droit au récit intégral, mais il lui faudrait quelque peu différer ses divagations visionnaires.

– Remarquez, ça faisait plusieurs jours que je le savais, mais le voir comme ça imprimé, noir sur blanc… ça donne un coup…

– Ah ? fit Meunier, distraitement.

– Enfin, maintenant c'est un secret de Polichinelle… et puis d'ailleurs ça ne va pas beaucoup vous intéresser.

Ou il en disait trop, ou il n'en disait pas assez, mais à force de tourner autour du pot, le barbu finissait par agacer le photographe.

– Mais non, mais non, allez-y. De toute façon, les mauvaises nouvelles, mieux vaut s'en débarrasser.

Le baryton soupira un grand coup.

– Eh bien voilà…

Eh bien voilà, on y était, Meunier, sur sa chaise cannée, ferma un instant les yeux, prêt à renoncer à la perspective d'une matinée d'étude fructueuse.

Par où allait-il commencer ? Par où pouvait-il commencer ? Le mieux était peut-être somme toute de laisser les mots sortir comme ils venaient.

Alors voilà. Il y avait eu le café bu sur le boulevard Saint-Germain. Tranquillement. Petit moment de calme avant la tempête qu'il pressentait peut-être. Pas si calme que ça, en réalité. Fraîchement débarqué à Paris, il avait arpenté le boulevard plusieurs fois avant de se décider pour une terrasse. Ou il les jugeait trop à l'ombre, ou trop bruyantes, trop vides ou trop fréquentées. En réalité, il n'osait s'asseoir à aucune d'entre elles, où il se fût senti étranger, redoutant que ses origines provinciales ne marquent son front d'un stigmate indélébile.

Pourtant il était déjà venu ici, études, brefs séjours... mais s'était toujours senti tout petit face à la capitale disproportionnée.

Opération fort difficile, il s'était fait transparent, rangeant ses interminables jambes sous une table, dans l'encoignure la moins en vue de la terrasse, serrant frileusement son foulard autour de son cou et ses doigts autour de la tasse chaude, surtout ne pas s'enrhumer, spécialement aujourd'hui, dans les courants d'air, car courants d'air il y avait, il aurait d'ailleurs mieux fait de changer de place, mais craignait de se faire encore plus remarquer donc non, il était resté à sa place, blotti contre l'encoignure, remontant régulièrement son foulard. Anxieux de nature, il avait prévu large, le temps de manger calmement son croissant au beurre en mastiquant bien, et de boire ses deux cafés. Deux cafés, pas plus, il aurait sinon été beaucoup trop nerveux, d'ailleurs il l'était déjà. Et puis il aurait mieux fait de se limiter à un café, et d'emporter un foulard supplémentaire, mais l'heure tournait, lentement, trop lentement à son goût, et il ne s'agissait pas d'être en retard, il avait réglé les deux cafés et le croissant directement au comptoir, fait un passage de précaution au lavabo, plutôt pour vérifier son allure dans le miroir moucheté, a priori il avait sa tête de tous les jours, une tête, sinon normale, du moins à laquelle il était habitué, n'avait pas d'écume de café malencontreusement accrochée à la barbe, ni parsemé sa veste de miettes de croissant, tout allait bien si ce n'est un petit reflet d'anxiété au fond des yeux, et un dandinement incontrôlé qui commençait à se manifester sous ses pieds, mais il allait falloir faire avec, sortir des commodités et affronter le boulevard, car c'est bien d'affrontement qu'il allait s'agir ; se dirigeant vers le numéro trente-neuf, il se préparait mentalement au combat.

Joli quartier, notait-il au passage, il serait agréable d'y venir de façon régulière, nombreux commerces de bouche plus alléchants les uns que les autres, un petit air de village bohème qui n'en était pas, bref, la marche n'était pas déplaisante, et, s'arrêtant à la porte du numéro ci-dessus mentionné, il fut presque surpris de trouver inscrit sur un carton jauni qui jouxtait le bouton de sonnette, le nom qui avait motivé son déplacement.

Meunier soupira, il n'aurait vraisemblablement pas droit à la version courte.

Preambulum.

20

Zimmerman, toujours sur sa banquette, avait reposé ses mains sur ses genoux, et fixait quelque chose droit devant, les yeux légèrement plissés. Il fallait regarder de près pour le remarquer. Nulle inclinaison du buste ou de la tête, rien qui n'attestât d'une perte de maintien.

Zimmerman pourtant regardait quelque chose. Déchiffrait quelque chose, à moins que l'objet de son observation ne fût tellement familier qu'il n'était pas besoin de le voir exactement. Récitait quelque chose, car à tout bien regarder, si ses pupilles ne bougeaient pas, ses lèvres tremblaient légèrement.

Notre choix.
Nombre croissant.
7,50 € ou quinze timbres au tarif en vigueur.
Vous décevra.

Vous remercions de l'intérêt que vous portez à notre maison.
N'a malheureusement pas été retenu par notre comité.
Directement à nos bureaux en nous téléphonant au préalable.
Quelle que soit notre expertise professionnelle.
Avons bien reçu votre proposition.
Terme au-delà duquel il sera détruit.
N'est que le reflet de notre propre sensibilité.
Vous remerciant de votre confiance.
Contraints à ce courrier aussi bref qu'impersonnel.
Présente à bien des égards un intérêt certain.
Programme déjà arrêté pour les temps qui viennent.
Vous souhaitons bonne chance dans votre recherche.
Passé ce délai nous procéderons à sa destruction.
Participation forfaitaire de 5,50 € (en timbres ou par chèque).
Sans doute votre démarche est-elle trop éloignée de nos options.
Respectueuses salutations.
Malheureusement, cette fois encore nous ne pouvons vous proposer.
L'avons remis à notre service.
Notre choix est d'autant plus subjectif.
Si vous venez sur place, demandez le n° 30026.
Notre programme est assez restreint et s'oriente davantage vers.
Le gardons précieusement pendant trois mois.

Nos bureaux sont ouverts de 9 h 30 à 13 heures et de 14 h 30 à 18 heures.
L'avis rendu ne nous incite pas à vous proposer.
Nos salutations distinguées.
Sont conservés un mois après la date figurant sur la lettre de réponse.
Sachant que cette décision vous décevra.
Chère Madame, Cher Monsieur.
Vous remercions d'avoir à nouveau pensé à notre maison.
Titre en référence.
SAS au capital de 37 400 €.
Ne pourrons plus assurer la conservation.
Peut également être remis à toute personne munie de la présente lettre.
Espérons qu'il sera accueilli dans une maison à plus large production.
Malgré les qualités évidentes.
Recentrons actuellement notre catalogue autour de.
Espère que vous trouverez rapidement une maison capable de répondre à vos attentes.
Sincèrement désolé du retard que nous avons pris.
Vous rappelons qu'un éditeur n'est pas responsable des manuscrits qui lui sont adressés spontanément.

21

Au moment du récit où il allait presser le bouton de sonnette, le baryton marqua une pause. Allait-il se décider à cracher la suite, s'impatientait Meunier, ou miraculeusement renoncer à poursuivre ? Dans un soupir, le barbu reprit l'enveloppe dont il décacheta la bande gommée déjà froissée.

– À quoi ça sert que je vous raconte tous ces détails ? La conclusion est là-dedans, vous n'avez qu'à lire.

Il lui tendit l'enveloppe. Embarrassé, Meunier n'osa pas l'ouvrir.

– Vraiment ? Ça me gêne, c'est votre courrier…

– Mais non, c'est moi qui vous demande de la lire.

Tout compte fait, voilà qui pourrait bien arranger Meunier en précipitant la fin de ce pénible récit. Le voici donc qui ouvre l'enveloppe et déplie les trois volets de la feuille.

« Cher Monsieur,

Malgré toutes les qualités que nous avons pu remarquer lors de nos entretiens, nous sommes au regret de vous informer que nous n'avons pas pu vous retenir pour le poste auquel votre profil aurait pu correspondre, mais pour lequel un autre candidat a mieux convenu.

Nous tenons toutefois à vous féliciter d'avoir fait partie de la sélection finale, ce que vous devez considérer comme extrêmement encourageant au vu du haut niveau des candidats ayant postulé, et ne doutons pas qu'une autre Maison aura bientôt toutes les raisons de se réjouir de vos compétences.

Nous vous le souhaitons sincèrement, et avons été ravis de pouvoir juger in situ de vos qualités.

Avec tous nos vœux de réussite pour vos futures candidatures,

Bien à vous »

Suivi d'une signature illisible.

Meunier leva un regard interrogateur vers le barbu, lequel ne cessait de soupirer au point qu'on l'eût dit pris de hoquet. Il n'arriverait manifestement à en tirer rien de plus. Le photographe interrogea de nouveau la lettre, dont il n'avait à la première lecture pas noté le papier à en-tête. Celui-ci s'étalait sobrement.

Musique Sacrée à Notre-Dame
39, boulevard Saint-Germain
75005 Paris

Qu'est-ce que tout cela signifiait ? Meunier n'était pas stupide, il s'agissait d'une lettre de refus, mais à quel poste le barbu avait-il pu se présenter ? Musique Sacrée à Notre-Dame. Organiste ? Il semblait à Meunier que ce qu'il avait entendu des qualités claviéristes de son voisin ne pouvait raisonnablement le conduire à prétendre à un poste de cette nature. Et puis, titulaire des grandes orgues de Notre-Dame, il fallait sûrement avoir de la bouteille pour se présenter à ce genre de recrutement, devinait Meunier, qui, quoique ne s'y connaissant pas beaucoup en matière de musique, nous l'avons dit, avait tout de même une petite idée du prestige que cette position devait avoir. Pianiste accompagnateur ? Ou alors le gamin s'était présenté à une audition pour les pupitres masculins des chœurs ? Cela paraissait cependant contradictoire avec les prouesses vocales qui avaient incommodé l'immeuble durant les dernières semaines. Le barbu chevrotait à hauteur de femme, comme tout le monde avait pu le constater. Toutefois, s'il s'en tenait à la petite phrase d'introduction de Zimmerman, peut-être bêlait-il aussi à hauteur d'homme ? Meunier s'agaçait de ces mystères.

– Bon, vous avez compris, je n'ai pas été pris. Remarquez, je le savais, ils me l'avaient annoncé par téléphone pendant que je rentrais en taxi.

– Mais enfin, pris pour quoi ? laissa échapper Meunier, un peu violemment.

– Vous ne saviez pas ? Je croyais qu'on en avait parlé quand on s'était présentés entre voisins… peut-être que ça n'était pas clair…

Bougre de bougre, Meunier n'y voyait pas clair du tout, et en avait sérieusement assez de se trouver enfermé contre son gré dans la chambre obscure.

– Excusez-moi mais non, là, vous voyez, je n'y comprends rien. C'est quoi cette histoire de Musique à Notre-Dame ? Par les temps qui courent, ça pourrait être interprété comme de la provocation.

Le baryton eut l'air chagrin.

– Je ne voulais vraiment pas vous ennuyer. C'est que c'est encore difficile à avaler, j'y avais mis beaucoup d'espoir.

Meunier posa la lettre, que le barbu replia et rangea dans son enveloppe.

– Musique Sacrée à Notre-Dame c'est l'association qui gère la maîtrise.

Ah, pensa Meunier, il n'était pas si stupide, il avait vu juste, le gamin avait postulé dans les chœurs.

– Vous vous êtes présenté comme… comment dit-on ? Sopraniste ?

– Moi ? sursauta le baryton, me présenter en tant que chanteur ? Vous n'y êtes pas du tout. Je me suis présenté aux auditions de recrutement de la maîtrise, oui, mais c'était un chef qu'ils cherchaient.

Meunier en resta comme deux ronds de flan. Celle-là, il ne s'y attendait pas. Que ce gringalet poussé en graine puisse avoir la carrure nécessaire pour diriger quoi que ce soit, il n'aurait pas pu l'imaginer. Enfin, gringalet, façon de parler. Grand galet. Grand dadais.

– De toute façon, ça ne change rien. Ils ne m'ont pas pris, voilà tout.

Meunier ne se sentait pas l'âme particulièrement consolatrice. Ces petites confidences l'avaient éloigné de son propos, lui avaient coupé l'envie de se mettre au travail, il ne voyait d'ailleurs pas comment il aurait pu sortir son carnet et son crayon à côté du barbu larmoyant, voyant venir le moment où il lui faudrait lui offrir un paquet de mouchoirs jetables.

À défaut...

– Je suis navré pour vous, sincèrement, j'imagine que ça doit être difficile... Vous m'excuserez, à présent j'ai à faire, il faut que je me mette au travail, j'ai pris du retard. Je vous offre le café, si, si, j'insiste. Vous verrez, ça va passer.

Et de laisser la monnaie sur la table, par chance il avait l'appoint plus vingt centimes de pourboire.

Dix heures dix, un peu tard pour commencer sérieusement cette journée. Dans le hall, il croisa le facteur qui sortait. Par acquit de conscience (il ne recevait usuellement pas beaucoup de courrier, hormis des factures qui aujourd'hui auraient contribué à le rendre de pire humeur), il ouvrit la boîte aux lettres.

Une enveloppe en papier kraft, format A4, là, sous quelques dépliants publicitaires, livraison de sushis à domicile, propositions d'agences immobilières. Une enveloppe en papier kraft avec son nom joliment calligraphié, sans timbre ni adresse.

Qu'est-ce que c'était encore que ce cirque ?

22

Debout dans sa cuisine, Zimmerman écoutait chanter la cafetière italienne. Était-ce le café qui faisait aujourd'hui remonter les confidences du matin précédent, comme lues dans le marc ?

Au premier étage, desservi par un vieil escalier en bois à la rampe branlante qui a dû voir courir des générations de mains, un long couloir bordé à droite par des bancs d'école, à gauche par une série de casiers. Des casiers à l'ancienne, avec des étiquettes mentionnant le nom de leurs titulaires. Monsieur, chef principal. Monsieur, chant grégorien et musiques médiévales. Madame, chœur d'enfants et Jeune ensemble. Madame, chœur préparatoire. Madame, technique vocale. Monsieur, chef de chant. Madame, pianiste accompagnatrice. Monsieur, formation musicale. Madame, éveil corporel.

Les fonctions et les noms se déclinent de multiples façons, au masculin comme au féminin. Sur le banc leur faisant face, le baryton est assis, intimidé. Il connaît certains de ces noms, pas de quoi le mettre particulièrement à l'aise. L'intitulé qui le fait le plus frémir : chant grégorien et musiques médiévales. Pourtant, il sait où il a mis les pieds. On ne peut pas dire qu'il ne soit pas prévenu. Assis sur son banc d'école, il regarde les casiers avec un respect craintif. Ose à peine imaginer son nom inscrit sur une des étiquettes. Et puis, n'ose pas l'imaginer du tout. Ses pieds commencent à s'agiter nerveusement sous le banc. Il tâte sa sacoche, tout est là, à l'intérieur, il a déjà vérifié vingt fois. Devrait peut-être relire sa présentation ? « Mesdames, Messieurs, bonjour, je m'appelle… » Non. Il est très en avance mais c'est trop tard. Si quelqu'un le surprenait, il en aurait horriblement honte. Avoir l'air dégagé, sûr de soi. Gigantesque effort pour le barbu. Le couloir sent le vieux bois, la vieille poussière d'école qui, quoique balayée régulièrement, a empreint le sol d'une façon indélébile. Un silence. Quasi religieux. De temps à autre, un craquement dans les boiseries. Il n'aurait peut-être pas dû se présenter si tôt. Quelques bruits de voix étouffées dans les étages supérieurs, qui témoignent enfin d'une présence humaine, mais définitivement, rien de rassurant.

Zimmerman porta la tasse à ses lèvres, et compatit un instant au malaise du jeune homme. Comment avait-il pu se fourrer dans un guêpier pareil ?

Soudain, des pas dans l'escalier. Un homme, plutôt âgé, s'avance. « Monsieur ? » Vêtu d'un pull-over bleu marine d'où dépasse une chemise boutonnée jusqu'au col, pantalon de velours à grosses côtes marron clair. « Je suis ravi de faire votre connaissance, nous allons monter au deuxième, permettez, je vous précède. »

Le sol se dérobe sous les pieds du baryton qui ramasse sa sacoche et son courage pour gravir l'étage supplémentaire. « Je vous laisse patienter quelques minutes, je m'assure que tous les membres du jury sont arrivés. Prenez un siège, je vous en prie. »

Le baryton s'assied sur une chaise, dans une sorte d'antichambre. Décidément, cette matinée n'est qu'une succession de salles d'attente. Tous les membres du jury, a-t-il entendu. Le vieux monsieur n'en ferait donc pas partie ? La porte s'ouvre. « Pardonnez-moi, je ne me suis pas présenté, je suis le vice-président du conseil d'administration. Mes compétences musicales sont limitées, je me contente de gérer l'aspect administratif, je n'aurai qu'un avis consultatif aujourd'hui, seules les voix des membres du jury compteront. Un de nos chefs, responsable du chant grégorien, n'est pas arrivé, bloqué dans les transports en commun. Il ne saurait trop tarder, mais nous allons commencer sans lui, sans quoi nous prendrions du retard dans une journée déjà bien chargée. Il prendra votre entretien en cours de route, ne vous inquiétez pas. »

Le baryton ne s'inquiète pas. Ce serait même plutôt une bonne nouvelle s'il pouvait échapper à l'œil scrutateur du chargé des musiques médiévales, à vrai dire si celui-ci pouvait manquer totalement son entretien, ce serait parfait. À la suite du vice-président, il entre dans ce qui pourrait être une sorte de salle de classe, pas véritablement une salle de classe car il n'y a ni tables ni pupitres, simplement un immense bureau juché sur une estrade, autour duquel sont installées une demi-douzaine de personnes. Une chaise leur fait face, sur laquelle on le prie de prendre place. S'asseyant sur le bord du siège, la sacoche posée sur ses genoux, au bord de l'éternuement, le baryton se croit poursuivi par les traînées de poussière.

« Notre collègue n'est pas encore arrivé, mais nous allons vous laisser vous présenter, il se fera discret en entrant, ne vous interrompez pas. »

Il faut qu'il se jette à l'eau. Respirant un bon coup, il pose heureusement à côté de lui la sacoche, qui lui donnait un air d'écolier, et ses mains bien à plat sur ses genoux, tâchant de prendre l'air dégagé.

« Mesdames, Messieurs, bonjour. » Il note rapidement que les noms et fonctions inscrits sur les bristols qui marquent la place de chacun des membres du jury sont les mêmes que ceux qu'il a lus sur les casiers. Rien de surprenant. Une chaise reste vacante en bout de table, face au bristol le plus intimidant.

« Mesdames, Messieurs, bonjour. C'est une belle opportunité de me présenter devant vous aujourd'hui, je vous en remercie. Chef de chœurs depuis dix ans à présent, en poste dans une école de musique, je vous retracerai tout d'abord mon parcours artistique, puis développerai ma façon de concevoir mon enseignement et mes missions dans le cadre des fonctions que j'exerce, et comment j'entendrais les mettre au service de votre structure. »

Le baryton reprend son souffle, jusque-là, il a récité sa leçon sans erreurs.

Et d'enchaîner. Formation au conservatoire, maîtrise d'enfants, diplômes, premiers postes, enseignement aux élèves des milieux défavorisés, recrutements à la tête d'ensembles vocaux, tout se dévide apparemment sans heurts, comme une mécanique bien huilée. Les heures de répétition devant le reflet impitoyable de la glace et du dictaphone ont a priori payé. Pas même un bégaiement, ni de manifestations incontrôlées des pieds dansant sous la chaise. Il s'apprête à conclure, premier pas vers un dénouement heureux. La porte de la salle grince légèrement.

« Les fonctions de chef chargé de chœurs de jeunes enfants demandent à mon sens des capacités tant dans le domaine pédagogique et artistique que dans la gestion de groupe, et un sens du travail en équipe, équipe que je serais heureux de rallier en apportant mon expérience au chœur préparatoire de la maîtrise, ce qui me permettrait de mettre au service de votre prestigieuse maison mon souci constant de travailler à enrichir l'enseignement et la diffusion du chant choral auprès des plus jeunes. »

Voilà, il s'en est sorti. Espère n'avoir rien oublié. Ni parlé trop vite. Ni semblé avoir trop d'assurance. Ni manqué de modestie. Mon Dieu, quelles bourdes aurait-il pu avoir commises ? Une silhouette, grande et assez sèche, a pris place en face du bristol vacant. La partie la plus facile est accomplie, la seconde manche va avoir lieu maintenant. Ouverture des hostilités.

Zimmerman se resservit une tasse de café.

À part un léger côté récité qui manquait peut-être de naturel (mieux valait cela que de se prendre les pieds dans le tapis), le baryton a réalisé un sans-faute. La sauce à laquelle il va être mangé à présent est clairement annoncée par le vice-président.

« Nous vous remercions pour cette présentation qui nous a permis de mieux faire connaissance. Comme vous le savez, si vous êtes retenu, vous aurez cet après-midi l'occasion de nous montrer en pratique vos compétences face au chœur préparatoire, vous aurez toute latitude pour mener cette séance comme vous l'entendrez. Cependant, je pense que les membres du comité auraient peut-être quelques questions à vous poser, pour apporter des précisions à certains points. Messieurs Dames ? »

– Comment abordez-vous la technique vocale, notamment lors de l'échauffement ?

Sauvé. Il a préparé ce genre de question pour laquelle il a une réponse toute prête qu'il connaît sur le bout des doigts.

– Vous savez que le chœur préparatoire s'adresse à des enfants de sept à dix ans. Quel type de répertoire envisageriez-vous d'aborder avec eux ?

Là encore, il connaît son affaire. Un peu de musique traditionnelle. Premières entrées dans le répertoire classique, y compris évidemment le répertoire liturgique. Et puis la musique de notre temps, il ne faut pas l'oublier, avec des incursions dans la chanson, monodique ou harmonisée, et certaines pièces contemporaines assez ludiques qui peuvent être abordées dès le plus jeune âge, il en est persuadé, et apportent un excellent complément au travail harmonique et rythmique.

– Vous parlez d'harmonie, à partir de quel moment commencez-vous le travail en polyphonie, et comment ?

Parfait, dix années de pratique, il en a vu passer des situations, imaginé des exercices, il peut précisément parler de l'intérêt du chant sur un bourdon, placer l'exercice du canon, trop tôt abordé à son sens, lorsque les enfants ont déjà acquis une certaine capacité d'écoute et de conscience de la polyphonie, il en est convaincu. Les langues étrangères, très important d'introduire au plus vite la pratique vocale en langue étrangère, et puis le latin bien sûr, au moins sous forme phonétique au départ.

À force d'être à l'aise comme un poisson dans l'eau, il s'est laissé dériver, hors sujet les langues étrangères, même si c'est important.

– Justement, vous nous parlez du latin. Que pouvez-vous nous dire de la prononciation restituée, et des évolutions rythmiques latines dans le répertoire grégorien ?

L'homme des musiques médiévales s'est décidé à sortir de l'ombre. Soudain, le baryton sent de gros nuages s'amonceler au-dessus de sa tête. Ce n'est pas qu'il ne se soit pas attendu à ce type de question. Il s'y est préparé du mieux qu'il a pu. Mais n'importe qui peut percevoir dans sa voix qui se voile sous une chape de poussière et d'incertitude, une nette perte d'assurance. Tout du moins, il essaye de se cramponner afin de ne pas dévaler la pente, extrêmement glissante.

– Dernière question, et nous aurons fini, si mes collègues sont d'accord. Vous savez qu'à partir de la deuxième année, les élèves du chœur préparatoire se joignent à l'animation des vêpres. Quels rapports entretenez-vous avec la vie liturgique ?

Debout dans sa cuisine, Zimmerman imaginait trop aisément le baryton se déconfire, rougir sous sa barbe et la sueur perler à son front. Quelle idée de se présenter pour un poste à la maîtrise de Notre-Dame lorsqu'on n'a même pas fait sa première communion !

23

Meunier, l'enveloppe déposée sur la table, fait face à son hôte. « Il semble que nous ayons du courrier aujourd'hui. » La vierge ne bronche pas. A-t-elle changé depuis la dernière fois ? Plus ou moins fondu ? Son visage demeure indéchiffrable.

Onze heures bien entamées, Meunier sent monter l'envie d'un demi. Décachette l'enveloppe qui, quoique d'épais papier kraft, ne résiste pas beaucoup.

En sort une liasse de feuillets, étrangement dactylographiés.

En exclusivité

Espèce en voie de disparition ?

Derrière ma table habituelle au café (à tel point que peut-être bientôt on pourra y placer un bristol à mon nom, ou même, qui sait, y déposer mon rond de serviette), je regarde pour la première fois depuis longtemps les couleurs encore dans les tons verts des feuilles des maigres arbres qui se disputent le terre-plein du carrefour avec deux feux tricolores. L'été a été étouffant, je crois me souvenir d'avoir senti cela, mais entièrement à mes préoccupations fenestrelles, je n'y avais pas accordé beaucoup d'importance. À présent que la chaleur est moindre, j'ai l'impression de pouvoir respirer. Une légère brise vient même agiter les pages du cahier posé devant moi. Petit à petit, j'ai recommencé à les couvrir de hiéroglyphes serrés déchiffrables par moi uniquement. J'en aurai écrit des kilomètres à cette petite table. Des kilomètres de mots inspirés par l'Ê.A., dédiés à l'Ê.A. À présent, mes mots tournent encore autour de lui, mais l'encre me semble plus sombre chaque jour, et sera bientôt noire de Chine.

J'ai l'impression qu'une éternité s'est écoulée depuis mes premières embuscades derrière les croisées. Qu'ai-je découvert depuis ? De plus en plus de collusions entre l'Ê.A. et l'Être Chéri, il fallait s'y attendre. En tout optimisme ou en toute naïveté, j'aurais pu espérer que ce n'était que passager, que l'attrait de la nouveauté cesserait bientôt de faire son effet. Cependant je constatai rapidement que si cet Être Chéri était remisé au placard, il y en aurait bientôt une demi-douzaine pour prendre la relève, de quoi continuer à m'empoisonner la vie pendant longtemps.

Est-ce moi qui ai en quelque sorte invité les araignées à entrer, à m'envenimer la totalité du cerveau et du cœur bientôt, au point de m'empêcher de voir défiler les couleurs des saisons ?

J'en aurai écrit des kilomètres de mots à cette petite table. Des mots sur l'Ê.A., des mots pour l'Ê.A.

Je songe à une lettre que j'aimerais aujourd'hui lui écrire.

« Cher Être Aimé... »

Mais je n'arrive plus à discerner ce qu'aujourd'hui je souhaiterais lui écrire. Dans le doute je m'abstiens. J'écrirai cette lettre plus tard ou je ne l'écrirai pas.

« Cher Être Aimé... »

Je sens mon cœur devenir de glace, mes yeux incapables d'être sensibles à autre chose qu'à la couleur des feuilles dans les arbres et dans mon carnet. Une jolie symphonie de vert tendre et de crème douce.

Mais qu'est-ce que c'est que ces salades ? marmonne Meunier.

L'Exclusivité est-elle terre à conquérir ou à défendre ? On dit « en Exclusivité », il s'agit donc d'un territoire. Qui dit territoire dit appartenance. Y a-t-il des frontières à l'Exclusivité, des déclarations de naissance, des cartes de séjour, des avis de décès ? Y a-t-il des contrôles douaniers ? En Exclusivité, les frontières peuvent-elles être impalpables, mouvantes selon les batailles, les victoires ou les défaites ? Faut-il pourtant s'y plier, accepter de ne pouvoir en sortir ou de ne pouvoir y entrer ? Faut-il en écrire les grandes dates dans les livres d'Histoire, la première fois où nos regards se sont croisés, la première fois où nous nous sommes parlé, la première fois où nous nous sommes embrassés ? La première fois où nous nous sommes menti. La première fois où nous nous sommes trahis. La dernière fois où nous nous sommes séparés. Faut-il ériger des lois en terre d'Exclusivité, faut-il s'y plier ? Faut-il sanctionner les forfaits ou récompenser les bonnes conduites ? Y distribue-t-on des médailles du mérite, des Légions d'honneur ? Y a-t-on droit de cité, autorisation de sortie du territoire ? Ou n'est-ce qu'un mirage, une oasis qui disparaîtra devant le Bédouin assoiffé sitôt ses contours brumeux atteints ?

Terre fragile, insaisissable. Une terre qui s'accommode bien des portes mais mal des fenêtres. On peut y invoquer le droit d'asile. Ou tout autant en être extradé.

Cultiver les araignées

Certains ont des poux dans la tête, d'autres des araignées. Passer ses cheveux au peigne fin est chose relativement facile, même s'il faut se montrer persévérant. Déloger les araignées dans les moindres recoins des méninges est une opération nettement moins aisée. Cela peut prendre une vie parfois, et il peut arriver qu'on n'y réussisse pas. Ce n'est pas une question de talents ménagers. C'est fou ce que ces bestioles s'accrochent sans y être invitées.

J'en étais là de mes réflexions quand j'ai réalisé qu'elles avaient investi jusqu'à mon bras, mes doigts un par un, du pouce à l'auriculaire, et que mon stylo refusait d'avancer davantage sur le papier.

J'aurais dû m'en apercevoir avant, voilà un moment que le cahier était resté désespérément vierge devant moi. Que je le mettais machinalement dans mon sac le matin, puis le rangeais consciencieusement à sa place le soir, sans avoir remarqué qu'aucun mot ne venait l'alourdir à la fin de la journée. Ce n'est pas que l'encre ait un poids suffisamment conséquent pour ajouter un surcroît notable à celui du papier. Mais j'aurais dû m'alerter d'un certain manque de densité au creux des pages que par habitude je portais à mon côté.

Depuis combien de temps cela durait-il? J'aurais été en peine de le dire. J'avais bien fini par remarquer la progression des insectes, d'abord pas grand-chose, comme de petites mouches volant derrière la rétine, qui viennent parasiter le champ de vision, puis grignotent la concentration. Un jour, leur prolifération était devenue telle qu'ils avaient dû migrer vers un endroit plus spacieux que le maigre interstice entre ma rétine et mon globe oculaire. C'est là que les araignées avaient fait leur apparition, tissant progressivement une toile qui avait fini par quadriller mon crâne jusqu'à l'arrière de la boîte. Comme je ne suis pas très perspicace, et qu'en général les soins domestiques sont le cadet de mes soucis, je n'ai rien vu venir, et lorsque cela a commencé à me déranger, il était trop tard. La toile était tissée, et les araignées s'y promenaient au gré de leur fantaisie.

J'ai bien tenté d'y mettre un peu d'ordre. Je l'ai secouée, ma tête. J'ai même fait le poirier, au point où j'en étais, marcher sur la tête n'était finalement pas anormal. Rien n'y a fait. Ma tête est restée comme elle était. Dérangée.

Pourquoi les araignées étaient-elles arrivées ? À ce stade de mon récit, il faut que je vous parle de quelque chose. Ou plutôt que je vous introduise auprès de quelqu'un. Mettons que je l'appelle l'Être Aimé. Par facilité, simple convention entre vous et moi, je l'écrirai Ê.A. Les araignées sont arrivées parce que l'Ê.A. n'est pas plus ordonné que moi. Ce n'est pas que je lui aie demandé de faire le ménage dans ma tête. Je suis en principe suffisamment adulte pour prendre soin de mes affaires. Mais l'Ê.A. a une fâcheuse tendance à laisser traîner une multitude de choses dans mon cerveau. Quelles sortes de choses ? Là il me faut remonter plus loin dans notre histoire.

Non, attendez, nous allons un peu trop vite. Nous ne nous connaissons pas. Qui êtes-vous pour que je vous laisse pénétrer dans l'écheveau de mes pensées ? Certes vous avez ce livre, enfin cette liasse de papiers, entre les mains. Vous vous l'êtes donc bien procurée quelque part, cela a dû m'échapper. Mais n'allons pas trop vite. Laissez-moi prendre mon temps. Laissez-moi rêver un peu à ce qu'a été ma vie au moment où l'Ê.A. y a fait son entrée, au moment où ce n'étaient pas encore des mouches qui volaient dans mon cristallin, mais où j'avais des étoiles plein les yeux.

Mais je ne vous connais pas non plus, moi, et je ne sais pas qui m'a procuré ce tas d'inepties, grommelle Meunier.

Je ne dirais pas que les étoiles soient venues éclairer mon regard au premier coup d'œil posé sur l'Ê.A. Je vous l'ai déjà dit, je ne suis pas très perspicace. On me taxe même de distraction parfois. Mais un matin, j'ai ressenti ce scintillement alors que je baignais dans la lumière du jour. Cela me rendit perplexe. Ces étoiles n'avaient pas pu se clouer sous mes paupières à mon insu tout de même. Il fallut pourtant me rendre à l'évidence, elles s'étaient allumées subrepticement, et éclairaient à présent le ciel de mes jours comme celui de mes nuits. Comme c'est agréable de se laisser baigner dans cette clarté. Extatique, mon rire même en devenait cristallin.

En quelque sorte, l'Ê.A. m'avait fait son premier cadeau. Une collection d'étoiles qui ne me quittait désormais plus. Et à laquelle vinrent bientôt s'adjoindre d'autres présents. Couronne de mots qui tintaient à mon oreille, mélopée enveloppante m'émerveillant chaque jour. Une petite musique qui berce l'âme et vient insensiblement se glisser au niveau du cœur. L'Ê.A. avait pris possession de moi. Chacun de mes gestes, de mes mots, était de près ou de loin relié à sa présence, et donnait un sens tout neuf, une couleur différente à ma vie. C'est que l'Ê.A. savait se montrer inventif, me surprenant sur des chemins où je n'aurais pas imaginé m'aventurer.

Alors pourquoi me suis-je donc fait prendre d'assaut par les araignées ? Je commence à soupçonner que c'est moi qui les ai invitées à entrer...

Peut-être cela date-t-il du jour où les étoiles m'étaient devenues tellement indispensables que j'ai craint de ne pouvoir envisager ma vie sans elles. Cette force qui m'était venue par miracle, peut-être qu'à présent que je l'avais découverte, je redoutais qu'on ne m'en prive. Dépossession. Moi qui n'avais pourtant pas l'esprit propriétaire, aucun bien sinon mon papier et mon stylo, voilà que je tremblais à l'idée d'une spoliation. Pire, je tremblais à l'idée d'un partage que j'aurais vécu comme une trahison. Ainsi les étoiles se sont-elles muées en araignées. Et les insectes ont accompli leur ouvrage, grignotant centimètre après centimètre les profondeurs de mon cerveau. Me faudra-t-il faire appel à un service de désinsectisation ? Je doute fort, non de la compétence du personnel, mais de son utilité. Ma tête est creusée, forée, ne subsistent que de fines membranes pour relier les trous.

Et tout cela pourquoi ? Mais enfin, pourquoi me direz-vous ?

Parce qu'un jour les yeux de l'Ê.A. se sont posés sur l'Être Chéri.

Sans me faire remarquer, c'est ce que j'ai longuement observé au travers de la fenêtre à jalousie.

Eh bien, il n'y avait qu'à vous mêler de vos affaires et regarder ailleurs, vitupère Meunier.

Poste d'observation

Pourquoi la fenêtre à jalousie ? Certainement parce que, au départ, j'avais l'illusion d'y être à l'abri. De pouvoir regarder sans qu'on devine ma présence. Je ne dirais pas que mon objectif était d'épier. Non, simplement de regarder. De regarder l'Ê.A. dont le moindre geste s'imprimait en moi et venait retentir en écho jusque dans mes rêves. De contempler l'Ê.A. dont chaque mouvement me ravissait et m'emplissait d'admiration. De tenter de capter au travers des persiennes son allure, sa voix, son parfum même qui me nourrissaient plus sûrement que n'importe quelle substance matérielle. L'Ê.A. était devenu mon pain et mon eau, le vin qui m'enivrait et l'absinthe qui m'apportait le sommeil. Je n'avais absolument pas l'impression de le surveiller. Juste besoin d'être en contact permanent avec lui. S'éloignait-il de la portée de mon observatoire, je m'affolais, mon souffle devenait court et je ne retrouvais un semblant de paix que lorsqu'il entrait à nouveau dans mon champ de vision.

Il ne s'agissait donc au départ que d'une réassurance. Refaire un plein de lumière comme on fait un plein de carburant pour faire avancer son véhicule. Mais insidieusement, mes besoins en énergie se sont accrus de jour en jour. Les petits coups d'œil jetés au travers des persiennes ne me suffisaient plus. Je me trouvais très rapidement en panne, batterie à plat qu'il me fallait d'urgence recharger. J'avais presque élu domicile à côté de la fenêtre, et mon comportement étrange avait fatalement fini par intriguer l'Ê.A. Une première fois, je l'avais vu lever un regard interrogateur vers la fenêtre alors qu'il venait de sortir. Une autre, c'était le tabouret installé près des persiennes que j'avais eu du mal à faire disparaître à temps, prétextant un brutal accès de rangement. Peu à peu, l'atmosphère s'alourdissait. Je sentais l'Ê.A. devenir méfiant, et ma tranquillité s'évanouissait à une vitesse inquiétante. En guise d'étoiles, je me nourrissais à présent de ces minuscules taches noires qui s'étaient mises à voler devant mon cristallin. Mon humeur s'en ressentait. La relation se ternissait.

C'est vers cette époque que j'ai commencé à ne plus rien faire du tout. À ne même plus sortir de chez moi par crainte de m'éloigner de la fenêtre et de risquer de manquer une information capitale. De quel côté l'Ê.A. était-il sorti pour rejoindre son Être Chéri aujourd'hui ? Comment s'était-il habillé pour aller à sa rencontre ? L'Être Chéri s'était-il aventuré jusqu'à notre rue cette fois-ci ? Et surtout, à quoi pouvait donc bien ressembler cet Être Chéri pour que l'attention qui m'était jusqu'alors dévolue lui ait été offerte ?

Ce n'est pas que l'Ê.A. se soit montré moins généreux avec moi. Ni même plus distant. Peut-être un peu moins attentif. Moins pressant. Plus distrait. En additionnant les plus et les moins en colonne, je constatais amèrement que les moins venaient s'inscrire en ma défaveur. Mais je restais pourtant là sur ce tabouret, derrière la fenêtre, incapable de me détacher des bribes d'informations qui me parvenaient. Évidemment c'était un cercle vicieux. Plus je restais près des persiennes, moins je vaquais à mes propres occupations. Moins je sortais, moins j'écrivais, plus je me sentais devenir vide, en comparaison avec cet Être Chéri qui, lui, devait être plein de qualités exceptionnelles. Il me fallait d'urgence, à défaut de reconquérir l'attention de l'Ê.A., du moins retrouver un peu de mobilité, ne serait-ce que pour me permettre de regagner une certaine indépendance, et d'observer la situation sous un autre angle.

C'est là qu'une solution miraculeuse s'est imposée. Les fenêtres virtuelles. Ou comment, grâce aux avancées technologiques, on peut à présent emporter sa propre fenêtre à jalousie partout avec soi. Quel progrès. J'allais enfin retrouver un semblant d'indépendance. Sans me douter que les fenêtres virtuelles allaient m'ouvrir grand les portes de l'enfer.

Fenêtre virtuelle

En effet, tout d'abord j'exultai. Je pouvais à nouveau sortir, m'installer à la terrasse de mon café favori avec la ferme intention d'écrire. Je posais devant moi le cahier, puis sortais mon stylo de son étui et le disposais bien parallèle au cahier. J'ouvrais le cahier, dont je cassais légèrement la reliure afin que la page vierge reste bien en place devant moi. Je regardais cette page avec satisfaction, dans la certitude que quelques signes seraient venus s'y inscrire dans les heures à venir. Et puis j'attendais. Je consommais un café, pour me réveiller. Puis une eau pétillante, pour me rafraîchir. Je regardais les passants. Les habitués. Je respirais la pollution et les gaz d'échappement. Je me sentais revivre. Je m'oxygénais. Le cahier restait là, bien en place, je le regardais sans inquiétude. Cela allait certainement venir. La matinée s'étirait, au rythme des allées et venues des garçons de café. Changement d'équipe, service de midi. Les clients arrivent, on décline les plats du jour sur l'ardoise. Je souris grassement, j'ai regagné le monde civilisé. J'attends. Je gobe les mouches à vrai dire, mais je ne veux pas laisser un sentiment déplaisant s'immiscer dans mes pensées. Les clients en sont à présent à peu près tous au dessert. Ne voulant pas avouer la victoire du désœuvrement, j'en commande un aussi. Je ne sais pas si j'ai faim, mais tout du moins j'ai la sensation de m'occuper. Estomac rassasié, je redemande un café, pour tasser le tout. J'ai légèrement poussé le cahier sur le coin de la table ronde qui n'en a pas, pour le préserver d'éventuelles éclaboussures. Je vérifie méticuleusement. Non, rien, toujours rien.

La page est restée immaculée, heureusement. Page blanche. Heureusement. De satisfaction, je déplie mes jambes sous la table. Peut-être est-ce cela le bonheur. Contempler une page blanche. Subitement je sens le ridicule de la situation. La page blanche me nargue. De dépit, je referme la couverture. Je ne vais pas me laisser impressionner par une simple page blanche. Pour asseoir ma nouvelle fermeté, je commande un digestif. Non mais, il faut savoir qui est maître à bord. L'alcool me réchauffe, je sens l'assurance me revenir.

Syndrome de la page blanche, classique, ricane Meunier.

Et puis tiens, je réalise que voici plusieurs heures que je n'ai eu aucune préoccupation concernant l'Ê.A. Même pas la plus petite envie de savoir ce qu'il fait. Cela me fait sourire. Voyons, je pourrais jouer au jeu des devinettes. Où peut donc se trouver l'Ê.A.? Certainement pas à l'appartement qu'il a quitté tôt ce matin et dans lequel il ne reparaîtra qu'en fin de journée, sauf incident. Où se trouve donc l'Ê.A.? Dans une rue de la ville, évidemment. Mais quelle rue ? Y est-il seul ? Non, probablement pas. Mais avec qui ? Mais voyons, tu connais très bien la réponse. Avec l'Être Chéri. Oui, mais s'il est avec l'Être

Chéri, que font-ils donc? Sont-ils comme moi attablés à une terrasse de café pour deviser tranquillement? Je voudrais apporter une réponse positive à cette question. Je voudrais de tout mon cœur le croire. Mais un petit pincement à ce cœur m'indique que je n'en crois pas un mot. L'Ê.A. est en ce moment même avec l'Être Chéri, c'est à présent plus qu'une évidence, une certitude. Et pas innocemment occupé à déjeuner.

Je sens à nouveau ma respiration devenir oppressée. Je tripote machinalement le capuchon de mon stylo et feuillette les pages de mon cahier dont je ne peux que constater la constante virginité. Que vais-je faire? Pour m'occuper je commence à griffonner de petits dessins géométriques sur une des additions qui s'accumulent devant moi, coincées entre la table et la soustasse. Cette oisiveté me met mal à l'aise. Je ne vais tout de même pas demander le journal pour remplir une grille de mots croisés. Je regarde les passants. Et soudain je ne peux réfréner le réflexe auquel je me rends compte avoir essayé de ne pas céder depuis ce matin. J'ouvre ma petite fenêtre portative. Qui me protège bien des regards. Personne ne saura que je suis à mon poste derrière elle. J'ouvre ma petite fenêtre portative, de laquelle je peux à nouveau observer l'Ê.A. Illusion virtuelle.

Ce qui est magique, avec une fenêtre virtuelle, c'est qu'elle permet d'en ouvrir plein d'autres. Et hop, ouvrons celle-ci pour voir si l'Ê.A. s'y trouve. Bingo, il y est. Et qui plus est, un lien m'amène vers une autre fenêtre dont je n'imaginais pas l'existence. Là aussi j'apprends du nouveau, et navigue vers une autre ouverture. J'exulte, je vogue d'une page à l'autre, sens une nouvelle puissance, un nouveau pouvoir monter en moi. Finalement, connaissais-je si bien l'Ê.A., la personne qui vit à côté de moi, avant de mener cette petite enquête ? Car, et cela m'apporte énormément d'excitation, c'est une sorte d'enquête que je mène. Une à une, j'assemble les pièces d'un puzzle qui, une fois terminé, me montrera le vrai visage de l'Ê.A. L'adrénaline monte et m'enivre. Comment n'avais-je pas pensé à cela avant ? Je m'étonne de cette pudeur passée qui frise même la naïveté, et me frotte les mains à l'idée des vastes possibilités qui s'offrent à moi. Je n'écris toujours rien, mais combien de combinaisons n'ai-je pas tracées aujourd'hui sur le carreau de la fenêtre. Je m'amuse. Je m'amuse beaucoup. Moi qui croyais ne pas avoir le tempérament joueur. Je m'amuse même d'avoir débusqué l'Être Chéri aux côtés de l'Ê.A. sur un des innombrables battants que j'ai ouverts. Après tout, n'était-ce pas cela que j'avais l'intention de trouver ? Je m'amuse, et puis soudain je ne m'amuse plus. Évidemment, je l'ai bien cherché. Mais avoir découvert l'Être Chéri aux côtés de l'Ê.A. ne me réjouit plus du tout. Une boule de malaise vient se nicher au creux de mon estomac. Subitement je ferme toutes les fenêtres. Je les ferais claquer si je pouvais. J'ouvre le cahier, et j'essaye de me concentrer. Rien à faire, tout me ramène à l'image de l'Être Chéri associée à celle de l'Ê.A. Qu'ai-je donc été faire. Je me maudis. Je mordille le stylo. Je massacre l'addition. Ma gorge est sèche et il n'y a plus rien au fond de mon verre. Au lieu d'une carafe d'eau, je commande un whisky. Sec. Qui pas plus que de me rasséréner ne me ramène à la lucidité. Je ronge mes ongles. Ronge mon frein. Me mords les doigts. J'ai ouvert la boîte de Pandore.

Meunier bâille, d'ennui. Cela ne l'amuse pas non plus. Un whisky, japonais, ce n'est pas une mauvaise idée après tout. Zimmerman fait des émules.

La boîte de Pandore

Je crois que j'ai besoin d'un petit moment de répit. Tout est soudain allé trop vite. Je n'ai pas mesuré l'impact de ces nouvelles expériences qui s'offraient à moi. Dans un sens, un risque de consomption me menace sérieusement si je continue à cette allure, dans l'autre la platitude des jours me fait craindre de mourir d'ennui si je n'ai pas ma petite décharge quotidienne d'adrénaline à la découverte d'éléments nouveaux. Observer, scruter, fouiller à présent est devenu une drogue qui a remplacé les étoiles de l'Ê.A., et la piqûre des araignées doit être plus chargée en venin chaque jour pour atteindre l'effet désiré. Accoutumance.

Pandore est cependant une vieille connaissance. Au temps de l'enfance, comment ne pas la rencontrer ? Les messes basses des adultes, les secrets de famille, les coups bas, les coups de poignard dans le dos, les mensonges, les omissions, les « tu ne peux pas comprendre », les « tu es trop jeune pour parler de cela », autant de raisons d'attiser la curiosité. Autant de raisons pour aller discrètement fouiller dans les placards, retourner les tiroirs des commodes, promptement fourrager dans un sac à main, faire les fonds de poches, écouter aux portes, deviner les langues qu'on n'a jamais apprises, feindre la maladie ou la surdité, simuler le sommeil, guetter avant tous le passage du facteur, j'en passe et des meilleures, bref faire tout ce qui ne se fait pas, autant d'exercices en situation qui donneront d'excellentes prédispositions pour, à l'âge adulte, verser dans la plus sévère addiction à l'inquisition. Ne vous méprenez pas. Je n'ai prétention à juger quiconque. J'ai seulement développé une manie de l'enquête qui vire parfois à la maniaquerie.

Je digresse, me direz-vous. Vous n'avez probablement rien à faire de mes souvenirs d'enfance. Ni de mes histoires de fenêtres. Pourtant c'est vous qui avez choisi de les lire. Ou est-ce moi qui vous les ai mis entre les mains ? J'essayais seulement de remonter aux origines de mon addiction. De comprendre ce qui me pousse à me poster derrière les fenêtres. Pour ma propre gouverne. Pour mon grand malheur.

Non, non et non, Meunier n'a pas choisi de lire ces fausses confidences, on les lui a mises entre les mains. Pourtant, il tourne la page.

Gouvernail

Il me revient à l'esprit une réflexion de l'Ê.A. Pour quelle raison, moi qui clamais haut et fort que la propriété ne m'intéressait pas, pour quelle raison me permettais-je de l'appeler « Mon Amour » ? Je ne sus que répondre. De quel droit m'appropriais-je sa personne ? Est-ce que le pronom possessif « mon » désignait l'Ê.A. ou plutôt l'amour que je lui portais ? De quoi parlais-je donc quand j'employais ce couple pronominal, de mon sentiment ou de l'être pour qui je l'éprouvais ? Celui-ci ne semblait au demeurant pas fâché, mais me faisait remarquer que cette tendance à l'appropriation pouvait paraître paradoxale.

Enfin une remarque sensée, constate Meunier avec satisfaction.

Sur ce, je m'alertais. Avait-il eu des soupçons au sujet de mes petites recherches ? Pouvait-il imaginer comment, dans l'intimité de ces pages, je les avais surnommés, lui et son Être Chéri ? Mon Amour. Je sentais la connotation présomptueuse que pouvaient avoir ces deux mots. Et puisqu'il semblait à présent que Mon Amour puisse être aussi celui de quelqu'un d'autre, était-il justifié de le nommer ainsi ? Pourtant, au sein d'une fratrie, même si l'on partage les liens du sang, on ne se gêne pas pour s'approprier son père, sa mère, ses frères et sœurs sans que cela choque quiconque. Je ne pouvais tout de même pas m'adresser à lui avec emphase en lui demandant : « Être Aimé, à quelle heure penses-tu rentrer ce soir ? » Cela n'aurait toutefois pas été plus ridicule que ce Mon Amour. Remarquons au passage, de quel droit me permettrais-je aussi de lui demander des comptes sur ses allées et venues ?

Ces réflexions faisaient trop de remue-ménage dans ma tête déjà en bataille. Chacun n'avait-il pas à se contenter de gouverner sa propre vie plutôt que de chercher à avoir la mainmise sur celle de l'autre ?

Je restais un moment près de la fenêtre sans savoir ce que j'y voyais. D'un miroir sans tain qui me permettait d'observer l'extérieur en toute discrétion, je me trouvais subitement face à une fenêtre aveugle qui ne me donnait à voir que mon propre reflet. Le spectacle n'était pas réjouissant.

La forme possessive

Me revient une autre intrusion du possessif, en un temps bien antérieur.

Elle s'appelait Anastasie. Une des personnes les plus douces et prévenantes qu'il m'ait été donné de connaître. De milieu très modeste, elle n'avait de cesse de se soucier que chacun sous son toit soit à son aise, que les petits-enfants ne s'ennuient pas et jouent au jardin, que les hommes aient verres et estomacs pleins, que sa fille s'entende bien avec son mari et trouve auprès de lui une vie confortable, que ses fils ne rendent pas leurs épouses trop malheureuses, que sa moitié n'ait pas à se plaindre d'elle.

Cette femme avait des yeux d'amour pour toute sa maisonnée, et si je l'ai parfois entendue exprimer son inquiétude, je ne l'ai jamais entendue proférer un mot de plainte, ni de reproche. Et pourtant, dans cette maison, tout le monde criait. Les enfants dans le jardin (ce qui est dans l'ordre des choses), les maris contre leurs femmes, les femmes contre leurs époux, les hommes entre eux, les adultes contre leurs vieux parents. Il était dit que dans cette maisonnée on ne pouvait adresser la parole à quelqu'un sans hausser le ton, ce qui soit dit en passant est à tout bien y penser un euphémisme.

Tiens tiens, les braillements n'étaient pas l'apanage du quatrième cour.

Ni plainte ni reproche, cette femme n'était qu'amour.

Cet amour qui lui sauta à la gorge lorsqu'un jour je lui entendis demander à un de ses fils : « Mon amour, pourrais-tu... ».

« Je ne suis pas ton amour. »

Étranglement. De quoi vous décourager de toute tendresse.

Durant les quelques mois qui ont précédé son décès, Anastasie ne reconnaissait plus son entourage. On eût dit qu'en un laps de temps très court, elle vengeait toutes les peines de sa vie. Les êtres qui avaient eu l'intégralité de son amour se voyaient à présent offrir la totalité de ses rancœurs. La douceur possessive s'était transformée en haine généreuse.

Hé hé, la grand-mère avait planqué un colt sous ses jupes ! Meunier se réjouissait.

Il leva le nez du tapuscrit, un paquet de feuillets encore entre les mains. Le visage de la statue avait dévalé dans son ventre.

La vierge était enceinte.

24

Contrairement à ce qu'on aurait pu prédire, la réception de la lettre avait apaisé le baryton.

Après le départ précipité de Meunier, il avait pris une grande inspiration, et commandé un demi au garçon. Une fois le verre en main, il avait regardé l'enveloppe. Une simple enveloppe avec à l'intérieur, un simple morceau de papier. Objectivement, la lettre ne l'impressionnait plus. Ne lui faisait ni chaud ni froid. Avec délectation, il sentait la mousse fraîche couler dans sa gorge comme un baume réparateur, un onguent pour ses cordes vocales éprouvées. La lettre était sur la table, mais après tout elle aurait aussi bien pu ne pas arriver, ou s'envoler s'il y avait eu la moindre brise ce matin, qu'importait. Le barbu profitait de cet instant, éclusant son demi le plus lentement possible en savourant les bienfaits de la bière comme si elle l'avait gratifié de vacances inespérées. Et puis, tranquillement, une fois le verre vidé de son contenu, avait regardé la rue plutôt calme à cette heure, les passants peu nombreux, avait levé la tête vers le ciel dégagé et senti sur sa gorge le fond de l'air encore frais que réchauffait un soleil timide, avait laissé ses jambes se déplier sous la table, puis les avait ramenées sous lui pour se lever dans un mouvement impulsif, franchissant la rue hors du passage clouté jusqu'à la porte de l'immeuble, laissant résolument derrière lui quelques centimes de pourboire et l'enveloppe sur la table.

Curieusement, une fois la porte cochère refermée, sa gorge le chatouilla, le démangea devant les rangées de boîtes aux lettres. Le besoin de pousser quelques notes se faisait irrépressible. Traversant la cour, il ne put s'empêcher de murmurer, de fredonner, puis d'entonner à pleine voix le rossinien *Largo al factotum*, jubilation de barbier barbu.

Reposant le paquet de feuillets sur la table, Meunier éructa : « Encore un numéro pour le cirque ! On va bientôt pouvoir monter une ménagerie ici, maintenant qu'on a les singes savants ! »

Zimmerman, reposant sa tasse de café sur la table, songea que si Figaro venait à prendre pension au quatrième étage, la vie de l'immeuble pouvait gagner un tour fort intéressant.

Meunier et Zimmerman pensaient en chœur : on allait voir ce qu'on allait voir.

25

Après avoir tonné et rugi, Meunier se met à arpenter le salon. Vraiment trop d'actes intrusifs ces derniers temps. L'immeuble subit un assaut d'événements, d'objets, de personnages inattendus et inexpliqués qui perturbent par trop ses habitudes. Certes, au sujet de la vierge ballonnée, il ne peut s'en prendre qu'à lui-même, c'est lui qui l'a introduite. D'ailleurs, c'est à lui de régler le problème, ce qu'il a entrepris de faire en s'installant en toute légitimité dans son salon.

La reprise des braillements va être une autre paire de manches, peut-être moins épineuse, mais tout de même assez délicate. Bien sûr, les actes vocalisants ont repris deux octaves en dessous, ce qui réduit quelque peu la nuisance, mais tout de même, là, dans la cour, c'est pousser trop loin le sans-gêne. Cet énergumène se sent-il à ce point délivré de sa croix qu'il oublie toute notion de savoir-vivre ? On vit dans une copropriété, que diable, pas dans une cabane isolée au fond des bois. Et puis à présent, pas le point le moins négligeable, l'apparition dans sa boîte aux lettres de ce… de cet… comment peut-il nommer cela ? De ce salmigondis, de ce verbiage, de cette liasse de paperasse sans queue ni tête. D'ailleurs, si on éparpillait les feuilles, par mégarde ou volontairement, dans la pièce, on pourrait les lire dans n'importe quel ordre, ça n'aurait pas plus de sens. Qui peut se permettre de lui faire ce genre de présent encombrant qui, plus que l'agacer, le met franchement mal à l'aise ? Ça lui est manifestement destiné, puisqu'il y a son nom sur l'enveloppe. Mais ce n'est pas passé par les voies postales usuelles puisqu'il n'y a ni timbre ni adresse. Conclusions intermédiaires : quelqu'un sait où il habite, et a tellement envie de lui faire partager ce tas d'inepties qu'il se dispense d'affranchissement. Ou habite tout près. Ou est trop pingre pour se payer les services de la poste.

Le pire, réfléchit-il en marchant, puisque depuis quelques jours son mode de réflexion passe par ses jambes, le pire c'est qu'il s'est senti obligé de lire. Qu'il n'a pas pu s'empêcher de lire des dizaines de pages. Qu'est-ce que ça signifie ?

Il lève vers la statue décomposée un regard qui ne l'est pas moins, et ne récolte évidemment aucune réponse.

Et de se mettre à relever les incohérences.

En premier lieu, les araignées ne sont pas des insectes. Les arachnides sont des prédateurs invertébrés arthropodes. Il en sait quelque chose, il a, fut un temps, étudié le sujet aux fins d'un reportage pour un magazine de vulgarisation scientifique. Ça encore, c'est tangible, on reste dans le domaine du concret. Mais ce jeu sur les noms, ce galimatias d'Être Aimé, Être Chéri, qui est qui dans cette histoire, qui parle à qui, qui parle de quoi, ce jeu stupide sur les adresses (pour un envoi qui n'en comporte même pas !), ça a de quoi vous donner des allergies (aux allusions, aux araignées, il ne sait plus lui-même). Ça donne envie d'ouvrir grand la fenêtre pour prendre une bouffée d'air frais, mais après ce baratin sur les portes et les fenêtres... Qu'est-ce que c'est que cette virtualité qui s'habille de mystère ? Un bon cliché sur papier argentique, voilà qui rabattrait les prétentions de toute cette potentialité qui roulait du nom et de l'adjectif comme une traînée sur un trottoir. Et cette manie de se répandre de même comme une traînée sur le papier, d'exhiber sans pudeur ses faces cachées. Qu'en a-t-il à faire, des souvenirs d'enfance de quelqu'un qui ne se nomme pas ? Non identifiable, non identifié. Qu'a-t-il à faire des confessions sur les comportements inavouables pourtant avoués ? À la frontière du voyeurisme, il a la nausée de cette complicité.

Qu'est-ce qu'on dit, qu'est-ce qu'on écrit, qu'est-ce qu'on lit et comment on aime ? Pourquoi cette volonté de mettre du « mon » partout ? La forme possessive ? Qu'est-ce que c'est que cette manie de vouloir prendre possession d'abord de son espace, puis de sa boîte aux lettres, et maintenant de sa réflexion au travers de cette entreprise de cache-cache ?

26

Seules quelques heures ont passé depuis la première station à la terrasse du Barretta ce matin quand Zimmerman voit arriver un Meunier à la mine renfrognée, encombré d'un portfolio qu'il tient serré comme s'il redoutait qu'on le lui dérobe. La seule table libre étant celle à côté de la sienne, les voilà dispensés de se poser mutuellement la question de l'opportunité d'un voisinage qui eût pu gêner l'un ou l'autre (leitmotiv).

Meunier s'installe à table, hésite, se tourne pour poser son portfolio derrière lui, mais, vu l'état de propreté du trottoir, se ravise, cherche une place acceptable et n'en trouve pas. Il ne va tout de même pas le garder sur ses genoux pour déjeuner. Une fois encore, Zimmerman joue les bons samaritains.

–Vous pouvez le déposer sur la chaise en face de moi, je n'attends personne.

Meunier bredouille quelques remerciements, soulagé d'avoir mis son bien en sûreté, mais gêné de devoir probablement donner quelques explications quant à son contenu. Le garçon passe, fort à propos, Meunier se fait longuement décrire le plat du jour, consulte la carte qu'il connaît par cœur, tergiverse, et se décide pour un sandwich saucisson beurre, avec un demi. Certes, ça ne valait pas le coup de descendre au café pour cela, mais à l'instant, assis sous le demi-soleil frileux, et après cette pénible lecture, c'est ce dont il a envie. Zimmerman, le nez plongé dans son journal, ne fait pas mine d'intrusion, et le laisse finir jusqu'à la dernière miette sa demi-baguette garnie ainsi que le supplément cornichons réclamé entre-temps. Suivi d'un second demi, qui ne résiste pas longtemps aux assauts assoiffés de Meunier. Une fois certaine sérénité postprandiale advenue, Zimmerman propose.

– Puis-je vous offrir un café ?

Plus à son aise le ventre rempli, Meunier ne formule aucune objection à cette offre ma foi honnête et bienvenue. Les deux voisins savourent à présent côte à côte et en silence un expresso noir serré et un allongé noyé de deux bûchettes de sucre qui tiendra lieu, avec le petit carré de chocolat (à midi, la maison est plus généreuse que le matin et fait grâce des biscuits pour chiens à la texture indéfinissable), de dessert.

– Le calme est revenu, semble-t-il.

Le calme, le calme, tout est une question de point de vue, est sur le point de contester Meunier. Peut-on appeler les braillements barytonesques de la fin de matinée du calme ? Et puis… ces dépôts abusifs dans sa boîte… Mais allez savoir pourquoi, il s'abstient. Zimmerman est probablement la seule personne qui, jusqu'à présent, ne lui demande pas de comptes, et (mis à part l'épisode de l'incendie, il faut l'avouer hors normes) ne s'immisce pas dans sa vie.

– Oui c'est vrai, ça se calme.

Petite pause, nouvelle gorgée de café. Et puis après tout, puisque Zimmerman ne lui demande rien, pourquoi ne pas répondre à ce manque de curiosité par un acte complètement désintéressé.

– Enfin, ce n'est pas tout à fait aussi calme que cela pour moi, je dois dire que les derniers jours ont été assez productifs.

Zimmerman boit une autre gorgée, laissant planer un silence qu'on ne pourrait même pas qualifier d'interrogateur, un silence ni chargé d'indiscrétion, ni forçant aux confidences, un silence ni plein ni vide, une oreille en forme de conque prête à accueillir ce qu'on pourrait y déposer sans toutefois le solliciter.

– Oui, j'ai pas mal travaillé en fait.

Meunier étend ses jambes sous la table, puis se redresse.

– Ça vous dirait que je vous montre ? désignant du menton le portfolio qui encombre le siège vis-à-vis de son interlocuteur.

Prévenant toute réponse, positive ou négative, Meunier se penche au-dessus de la table, attrape le carton à dessin dans un mouvement acrobatique assez périlleux pour le carton, son propriétaire et la tasse de Zimmerman, heureusement vide, qui manque de peu lui atterrir sur les genoux.

–Voilà, je vais vous montrer, c'est ce qui m'a occupé ces jours derniers.

Comment Zimmerman pourrait qualifier ce qu'on voit imprimé sur les feuilles de papier glacé ? La première chose qui lui vient à l'esprit tient de la poterie. Le sujet du cliché semble subir un mouvement rotatif, comme on peut en voir lorsqu'on tourne un vase ou une cruche, strié de cercles, d'anneaux qui compartimentent l'objet en blocs arrondis de taille irrégulière, des colombins de volumes variés lissés par une main dont on pourrait presque discerner l'empreinte des doigts, cernes témoins d'une intervention, humaine, divine ? Presque surnaturelle. Tournassage d'une pièce de révolution dont on ne peut deviner clairement la nature. Mais ce drapé ? Ces plis verticaux qui viennent contredire la révolution ? Et ces couleurs ? Un dégradé partant du blanc immaculé pour se salir de gris, avec des ajouts à la feuille d'or qui dessinent un plateau au-delà duquel une proéminence ventrue s'impose dans les verts pour se dissoudre enfin dans une longue traînée bleue, socle évanescent d'un édifice puissant et fragile à la fois qu'on dirait privé de matière. Qu'on dirait dissout dans un mouvement à la vitesse incalculable, soit trop rapide pour être réelle, soit ralentie à un point qui dépasse la perception humaine. Perplexe, Zimmerman ne sait que dire.

– C'est… oui c'est intéressant… interpellant… Mais au juste, qu'est-ce que… enfin… Quel est le titre de votre œuvre ?

Meunier tient droit devant lui le papier brillant, non sans fierté, avec toutefois un léger doute tout à coup, n'aurait-il pas mieux valu réaliser le tirage sur papier mat ? Il assume cependant.

– Je vous présente ma vierge rotative.

Annonce qui n'éclaire pas davantage Zimmerman.

– Ah oui… en effet… on pourrait peut-être deviner… Mais… comment avez-vous procédé ?

Meunier savoure cet instant gratuit, cette petite pointe d'orgueil imprévue dans sa journée.

– Tout est dans la manière.

Et de proférer, d'un ton docte et, avouons-le, légèrement pédant :

– Noli me tangere.

27

Pour dresser un état de la situation, chacun a regagné ses pénates. Ou, plus exactement, chacun vaque à ses occupations. Meunier, sandwich, bières et café avalés, s'est évanoui, exploit pour sa carcasse passablement encombrante, vers un horizon dont on peut soupçonner qu'il ait pour nom boulevard des photographes, ou quelque chose d'approchant.

Le baryton, à ce qu'on peut en juger d'après les essais successifs et vocalisants qui se font entendre, a entrepris de retourner sa bibliothèque musicale de fond en comble pour trouver la perle mélodique qui s'adaptera à sa voix réconciliée.

Zimmerman ? Mais que fait Zimmerman, manifestement de retour à son domicile puisqu'il n'y a plus trace de sa personne à la terrasse du café, que fait donc Zimmerman dont les murs ne laissent pas percer le secret à un voisinage aux aguets ?

Zimmerman, ce jour encore, a pris place devant la grande table rectangulaire dont le couvercle a été déverrouillé et soulevé. Zimmerman, faisant abstraction de tout le répertoire barytonesque qui défile entre les cordes vocales de son voisin du quatrième, s'emploie à son exercice méditatif quotidien. Cela commence par un mouvement de sarabande, lente et suspendue, avec ses appuis tantôt sur le premier temps, tantôt sur le deuxième, calme et serein, dans une tonalité lumineuse que rien ne semble pouvoir inquiéter, ornée de guirlandes subtiles. Zimmerman sent progressivement ses doigts s'assouplir, son souffle s'installer dans une respiration régulière, ses oreilles et son esprit s'ouvrir à l'impalpable que ses mains embrassent pourtant.

Et de se jeter à corps perdu dans le cycle des variations. Le temps n'existe plus. Le temps n'est qu'une insomnie sans fin, peu importe le jour ou la nuit, peuplée de rêves éveillés et de sensations suspendues. Tromper l'ennui, contrer le vide, remplir le temps qui ne sait comment se satisfaire de lui-même. Laisser couler le flot des notes sans jamais parvenir au point de satiété, peupler secondes et minutes sans totalement s'en repaître, laissant toujours vivre le désir de la mesure suivante. La musique se nourrit de tout, songe Zimmerman, et nourrit tout à son tour. L'oreille évidemment, mais aussi le toucher, la vue, le mouvement sans pour autant aboutir à la lassitude du trop-plein. Existe-t-il une musique olfactive ? Zimmerman n'y a jamais réfléchi. Un chanteur inspire pour chanter, quelle sorte de fragrance l'inspiration peut-elle bien exhaler ? Existe-t-il une musique de pur esprit, qui ne passe par aucun médium, qui n'emprunte aucun sens et se transmette directement du cerveau concepteur aux sons purs ? Une musique désincarnée, privée de chair, privée de matière, une musique de l'intellect totalement coupée des vicissitudes de notre monde matériel ? Corps et âme dans la musique du plus grand esprit de l'histoire, de celui qui sut faire parler non seulement le verbe mais les nombres, l'espace et le temps, le séculier et le régulier, sans se départir de perfection tout en habitant son âge d'homme comme peut-être plus que chacun d'entre nous, corps et âme au service de cette musique, Zimmerman a la nette impression de sentir son esprit se libérer et s'incarner à la fois au bout de ses dix doigts, de ses poignets, ses coudes et ses épaules, son dos ondule légèrement au rythme d'une respiration calme et soutenue, les ornements se font légers au creux de la main, les jambes s'ancrent dans le sol, le séant est soutenu par la banquette sans toutefois s'y reposer, la réflexion se dépose où on ne l'attendait pas, et les membres agissent à leur guise, mus par les années de pratique, faisant l'école buissonnière dans la vigilance relâchée juste ce qu'il est nécessaire pour atteindre…

Pour atteindre quoi ? Zimmerman n'en a cure, entièrement à son art, entièrement à sa présence propre, entièrement et solitaire, en immersion dans ce qui pourtant nous relie à l'humanité.

28

Fait devenu rare, Meunier à son retour croise Zimmerman devant les boîtes aux lettres. Zimmerman qui referme le battant de son casier et fourre sans état d'âme apparent une paire d'enveloppes dans la poche de son pardessus, tout en donnant un tour de clef à la serrure.

–Ah c'est vous, alors, bonne pêche, journée fructueuse ?

Le ton jovial de Zimmerman étonne quelque peu le photographe qui, résolument de bonne humeur, joue la carte de la cordialité.

–Oui, effectivement, bonne pioche aujourd'hui. Je crois que je tiens une excellente piste. Quand j'ai une idée comme ça en tête, je n'ai pas envie de la lâcher.

Zimmerman esquisse ce que l'on pourrait interpréter comme un sourire.

– Effectivement, d'après ce que vous m'avez montré ce matin, vous avez l'air bien parti. C'est réellement intrigant, vous titillez la curiosité du spectateur…

Décidément d'excellente humeur, Meunier se laisse flatter.

– Vous trouvez ? Je suis ravi que cela vous plaise, ce n'est que le début d'une série, vous savez.

– Ah, vous en avez… produit d'autres ?

Meunier se gargarise.

– L'élaboration est en cours. C'est tout un processus…

– Je n'en doute pas un instant. Je vous souhaite un franc succès en tout cas.

Meunier est aux anges.

– Vraiment merci, je suis touché par votre attention.

Et puis après tout, pourquoi pas ?

– Est-ce que ça vous intéresserait de voir mon installation ? Mais il faut que ça reste entre nous, pour l'instant (parlant très bas), c'est top secret !

– Je ne sais… c'est extrêmement flatteur cette confiance que vous m'accordez… peut-être ne suis-je pas la meilleure personne pour juger…

– Allez donc, j'ai entièrement confiance en votre jugement et votre discrétion. Montons chez moi voulez-vous ? L'ascenseur fonctionne, le cinquième étage ne devrait pas nous créer d'embarras.

Journée des imprévus, Zimmerman se laisse séduire.

– Et bien… je vous remercie beaucoup… je ne veux pas vous déranger, mais puisque vous me le proposez…

Et Zimmerman d'emboîter le pas au photographe en direction de la cage d'ascenseur, attendant que la cabine descende des étages supérieurs.

Et Zimmerman et Meunier de rester stupéfaits lorsque le battant s'ouvre de lui-même, laissant débouler un baryton hirsute dégageant une certaine odeur de roussi.

– Pardon… vite… il faut que…

Le barbu, hagard, balbutie plus qu'à l'accoutumée, d'une voix étranglée, entre deux quintes de toux.

– Mais bon sang, qu'est-ce qui vous est arrivé ? Vous sentez le cochon grillé ma parole !

Tenant dans sa main une partie de son visage, le barbu sautille d'un pied sur l'autre.

– Mais enfin, qu'est-ce que vous vous êtes fait ? Montrez-moi ça.

D'un geste autoritaire, Zimmerman enlève la main de la bouche du barbu, qui dévoile un tas de poils cramés et tire-bouchonnés.

– Bon Dieu, mais vous êtes brûlé !

De fait. Le barbu s'est brûlé la barbe.

Et pleurniche.

– C'est trop bête. Il n'y a qu'à moi que des trucs pareils arrivent.

Zimmerman prend les choses en main.

– Vous ne pouvez pas rester dans cet état. Venez, nous allons à la pharmacie.

Poussant le baryton vers le hall de l'immeuble, une pensée l'assaille soudain.

– Excusez-moi, je vous remercie pour votre invitation, mais je crois que nous devons la remettre, cas d'urgence. Vous ne m'en voudrez pas ?

Meunier, pataud et un peu confus de sentir la situation et son heure de gloire lui échapper, bredouille.

– Non, bien sûr… c'est quand vous voudrez.

Et le tandem de se former en sens inverse.

Zimmerman ne pousse pas son ascendant jusqu'à prendre le jeune homme par le bras, mais marche cependant d'un pas résolu, train que le baryton, couvrant de nouveau ses lèvres comme si sa barbe risquait de s'envoler, a du mal à suivre.

Par miracle, il y a une pharmacie au coin de la rue. Avec, comme on pouvait le prévoir, une longue file d'attente, et peu d'employés pour y répondre, il faut alors se résoudre à la patience, pendant que les grands-mères du quartier se font conseiller sur les bas de contention, les jeunes pères délivrer la totalité de l'ordonnance fournie par la clinique (des compresses stériles au lait maternisé), les fêtards de quoi éponger l'ébriété résiduelle de la nuit, et les migraineux un cache-misère pour atténuer les coups du marteau sur l'enclume. Cela ouvre le temps aux questions. Histoire d'avancer le travail du pharmacien en présentant un discours cohérent et synthétique.

– Qu'est-ce que vous avez trafiqué cette fois-ci ? On peut dire que vous vous êtes sacrément arrangé.

Nouvelles lamentations. Le baryton a-t-il auparavant tenu le rôle de Jérémie ? Dans une vie révolue (Thomas Tallis, le XVIe siècle n'est pas si loin, le hic est qu'il y faut un contre-ténor) peut-être.

– Je sais, je suis d'une maladresse vraiment navrante, à croire que j'ai deux mains gauches... il n'y a qu'à moi que des trucs pareils arrivent...

– Laissez-moi regarder.

Zimmerman écarte à nouveau la main du baryton, doucement, sans le brusquer.

Le spectacle fait pitié. Un ramassis de poils noircis recroquevillés sur eux-mêmes au milieu de la moustache rousse qui n'a pas fière allure. Il va falloir couper dans le tas, songe Zimmerman.

– Bon, je ne sais pas ce que vous avez trafiqué, mais qu'avez-vous utilisé au juste ? Un cierge ? Un lance-flammes ?

Penaud, le baryton bégaye.

– J'ai voulu... enfin... j'étais en train de... de relire des partitions et j'ai voulu... ça fait longtemps que je ne m'étais pas permis ça... j'ai voulu... rallumer...

– Finissons-en, rallumer quoi ? s'agace Zimmerman.

– Rallumer mon mégot, hoquète le baryton.

– Quoi ? s'étrangle Zimmerman, qui n'en croit pas ses oreilles, autant la surdité que d'entendre pareilles absurdités. Quoi, vous fumez ?

– Je sais, j'aurais pas dû…

– Bon sang, pour un chanteur c'est vraiment n'importe quoi, je vous aurais cru plus raisonnable !

– Vous savez… ça faisait longtemps… et puis beaucoup de chanteurs fument, il n'y a pas que moi…

– Ce n'est pas une raison.

– Ça faisait longtemps, j'avais besoin d'un peu de détente, alors pendant que je relisais mes partitions, j'ai retrouvé un fond de tabac que j'avais gardé, pas beaucoup, et quelques feuilles…

– Nous voilà bien.

– Et puis je n'avais plus de filtres, alors je l'ai roulée comme ça…

– De mieux en mieux.

– Je lisais, en tirant une bouffée de temps en temps, alors forcément la cigarette s'éteignait – mais c'était pas grave, ça faisait durer le plaisir, j'avais pas de quoi en rouler une autre, et…

– Et ?

Le barbu soupire.

– Et je ne me suis pas rendu compte que j'étais arrivé au bout du mégot, en approchant le briquet je me suis…

–Vous avez mis feu à votre moustache ! Quel abruti…

Zimmerman se mord la langue. La réflexion lui a échappé. Les brasiers deviennent par trop fréquents ces derniers jours.

–Monsieur ? C'est pour ?

Providence aux services de laquelle on aura souvent recours au fil de cette histoire, le pharmacien est enfin disponible.

–Je peux vous aider ?

Zimmerman reste sans voix, le baryton aussi, qui découvre ses lèvres en détournant le regard. Le pharmacien fait la grimace.

–Avant tout… je ne peux pas juger de l'état de la plaie comme cela… ce n'est pas joli.

Zimmerman regarde au travers de la vitrine, devinant les larmes monter aux yeux du malheureux immolé.

–Comme ça, je ne peux rien faire. Il faut au moins appliquer une crème, mais là c'est impossible, ça va suppurer, il faut…

–Il faut ? sanglote le baryton.

–Vous allez me suivre dans l'arrière-boutique, avant toute chose il va falloir dégager le terrain.

La respiration du barbu se suspend, il va étouffer.

–Je suis désolé monsieur, il va falloir raser.

29

Pensif, et peut-être déçu, Meunier était rentré chez lui. Il ne pouvait pas se vexer pour si peu, après tout, il y avait eu urgence, mais que la barbe incendiée eût été préférée à la révélation des mystères de son atelier le rendait tout de même amer. On ne le reprendrait plus à livrer ses secrets de fabrication songeait-il, dépité. Du dépit, avec qui sait peut-être une petite pointe de jalousie. Être jaloux des faveurs de Zimmerman, cela n'avait aucun sens. Être jaloux d'un grand dadais poussé en graine et qui plus est maladroit à en pleurer, c'était complètement absurde. Il n'allait pas se mettre à se lamenter sur son sort, pensait-il, comptant les larmes de cire sur le plateau de la table. Il y avait déjà eu bien assez de pleurnicheries comme cela. Mais il ne pouvait s'empêcher de ruminer sa défaveur. Juste au moment où les relations commençaient à se dessiner de façon un peu plus personnelle, c'était vraiment rageant. Juste au moment où Zimmerman commençait à se départir de sa cordialité polie, c'était manque de chance. Non pas que Meunier eût particulièrement besoin de se créer un auditoire, il ne s'abaisserait franchement pas à cela (quoique d'autres ne s'en privent pas, en encombrant sa boîte aux lettres d'inepties), mais le personnage l'intéressait, et il aurait eu plaisir, sinon satisfaction, à faire découvrir son antre de travail à quelqu'un dont le point de vue ne pouvait être dépourvu d'intérêt. Tout de même, ce barbu… ce barbant… ce baryton épouvantable. Depuis qu'il avait fait son apparition dans le secteur, rien ne semblait plus tourner comme avant. Dans un sens, cela avait du bon, les choses avaient commencé à prendre une tournure justement intéressante depuis ce soir-là. Meunier avait l'impression d'avoir secoué une bonne couche de poussière accumulée sur ses yeux et ses épaules depuis des mois, des années qui sait. Mais d'un autre côté, l'arrivée des malheurs barytonesques avait semé la pagaille dans la paisible vie de l'immeuble. Pas de chance si cet énergumène lyrique partageait le champ d'action de Zimmerman. Deux musiciens sur cinq étages, cela faisait trop, de quoi se sentir exclu. En fait, c'était cela. Meunier s'était senti exclu. Jusqu'à présent, chacun son domaine, et les secrets restaient bien gardés, on se côtoyait en bonne intelligence sans chercher à s'immiscer dans la vie du voisin. À présent, il semblait que les murs aient commencé à transpirer, laissant filtrer entre les appartements des relents de littérature de bas étage et des gouttes d'intimité qui n'avaient pas lieu de se laisser absorber. Une banale histoire de fuite, tout cela. Mais qui ne convenait pas du tout à Meunier. Les lances à incendie avaient-elles par mégarde arrosé l'immeuble le soir du brasier de Notre-Dame ? Depuis lors, plus rien ne tournait rond.

Désœuvré, Meunier reprit la liasse de feuillets abandonnés sur le guéridon.

Reconduite aux frontières

Aujourd'hui j'ai pris de gros risques. À force de nourritures virtuelles, j'avais besoin d'un peu de concret. À mon heure habituelle, j'ai feint de sortir pour aller m'installer au café. Jusque-là, rien d'anormal. Sauf qu'au lieu de tourner à droite, puis à gauche au bout de ma rue pour remonter l'avenue qui mène audit café, j'ai tiré profit d'un petit auvent pour me poster en observation au coin du trottoir. L'attente n'a pas été très longue, l'Ê.A. est sorti peu après moi, prenant la direction opposée.

Le cœur battant, j'ai rebroussé chemin, poussé la porte de l'immeuble, puis j'ai gravi deux étages et cherché fébrilement les clefs dans ma poche. Jusqu'ici, je n'avais rien fait de répréhensible. J'aurais très bien pu prétexter avoir oublié quelque chose qu'il m'aurait fallu revenir chercher.

Effectivement j'étais à la recherche de quelque chose, mais pas dans mes affaires. Je savais pertinemment que je franchissais des limites que je n'aurais jamais dû enfreindre.

Une petite intrusion dans les tiroirs du bureau. Pas du mien évidemment. Quelques piles de papiers soulevées. Quelques enveloppes ouvertes. Des mots lus. Des mots qui ne m'étaient pas destinés. Voilà que je sais ce que je n'avais pas besoin de savoir. Ou que je redoutais de savoir.

J'essaye de reclasser les feuillets dans l'ordre. Je referme doucement le tiroir.

Je vais dans la cuisine boire un grand verre d'eau et m'évertue à respirer.

Un vertige immense me prend. Comme un gouffre ouvert sous mes pieds. Comme un gouffre ouvert dans ma tête, où se sont précipitées toutes les araignées du monde.

Je m'accroche au dossier d'une chaise. Le sol se dérobe sous moi. Je réalise que je n'ai rien avalé depuis mon lever. J'ouvre le frigo et attrape la première chose qui me tombe sous la main. Deux cuillerées de yaourt et j'ai la nausée. Le laitage pèse comme deux cuillerées de plomb sur mon plexus. Je jette le reste du pot et lave machinalement la cuillère que je remets à sa place.

Il faut que je sorte mais je ne sais pas où aller. Comme un automate, je referme derrière moi la porte à clefs. Lorsque je rentrerai le soir, l'Ê.A. me dira : « C'est étrange, les deux verrous étaient

mis, tu as fait un tour à la maison aujourd'hui ? »
Sujet de débat récurrent ; l'Ê.A. ferme toujours un seul verrou.

Correspondance

« Cher Être Aimé...

Cher Amour...

Mon Amour...

Amour...

Toi... »

Je ne sais plus aujourd'hui comment m'adresser à toi. Comment te nommer. Comment te qualifier. Par le sentiment qui me lie à toi ? Par la relation qui m'unit à toi même si nous n'avons jamais contracté de lien officiel ? Par ton prénom, tout simplement ?

C'est une lettre d'amour que je souhaitais t'écrire depuis quelque temps. Je ne sais pas comment tournera celle-ci. En lettre d'aveux ? De repentirs ? En lettre d'injures ? D'accusations ?

Je la commence sans savoir même si je te l'enverrai, ce qui expliquera peut-être le courage avec lequel je l'écris, doutant du fait d'avoir jamais celui de l'affranchir et de la glisser dans une boîte postale.

Eh bien, je connais – ou pas – quelqu'un d'autre qui n'a pas su s'abstenir d'encombrer ma boîte aux lettres, pense Meunier.

Ce n'est pas la première lettre que je t'écris, peut-être sera-ce la dernière. Il y a quelque temps, en ouvrant les tiroirs de ton bureau, j'ai retrouvé la liasse de notre correspondance que tu as archivée, et cela m'a fait chaud au cœur. J'ai glané quelques mots, ici ou là, qui ont ramené des pans de notre histoire, des moments doux, passionnés, inquiets, furieux, des moments tendres et des moments de doute, un dégradé de sentiments qui ont jalonné les dernières années. Puis la régularité des envois s'estompe, les mots brûlants se font plus rares. Avec soin, j'ai remis les lettres dans l'ordre, et j'allais refermer le tiroir. Quand j'ai remarqué un autre paquet de lettres.

La suite est un engrenage.

Fonds de tiroirs. Fonds de poches. Poches de sacs. Compartiments de valise. Tickets de métro. Notes de restaurant. Jusqu'à flairer l'odeur à l'encolure de tes vêtements. Reconstituer une journée à partir d'indices triviaux. En deviner les contours, l'épaisseur, imaginer le rêve, l'excitation qu'elle a portés.

Mon Amour, mon A..., mes mots sont encore pleins de toi, mais d'un toi qui s'est désincarné, qui n'est plus qu'une idée d'amour, un concept, un Polaroïd ayant fixé des temps heureux qu'on peut dater grâce à la mode vestimentaire et la qualité du tirage du cliché. Un amour suspendu dont on ne peut dire s'il est défunt ou si son cœur palpite encore.

Tes fonds de tiroirs, les fonds de tes poches eux par contre sont pleins, juteux de quelque chose qui est bien vivant et qui n'est pas moi.

Les mots peuvent-ils désépaissir ? S'amenuiser jusqu'à devenir totalement inconsistants ? Des ombres de mots ? Des fantômes de mots ? Des mots si maigres qu'on pourrait les glisser entre le mur et le papier peint ? Des mots qui me ressemblent, à moi qui, à mon poste derrière les fenêtres, ai appris à m'aplatir jusqu'à la disparition. Parce que j'ai perdu toute épaisseur dans ton regard.

Regard

Un ami, car il m'en reste encore quelques-uns malgré l'isolement auquel conduit l'affût aux fenêtres, un ami me posait l'autre jour une question judicieuse : qu'est-ce qui fait qu'un jour on cesse d'exister dans le regard de l'autre ?

On peut dans bon nombre de cas mettre cette perte d'existence sur le compte de la distance kilométrique. Pourtant dans certaines relations, l'éloignement peut raviver les sentiments, en faisant naître un manque qui en des temps d'abondance et de proximité ne pouvait se faire sentir. Combien d'heures à rêver, à penser à l'Ê.A. alors que nous ne vivions pas ensemble. Combien de lettres écrites, d'appels téléphoniques poussés par l'urgence d'un écartement qui nous était imposé, ou que parfois nous avions choisi. Combien était douce la petite morsure de l'absence, doux le charme mélancolique de l'inanition, et combien était puissante la faim langoureuse qui montait peu à peu jusqu'à devenir insoutenable, et nous poussait dans les bras l'un de l'autre avec un appétit insatiable. Retrouvailles furtives, le temps d'une nuit. Redécouverte dans un lieu qui rompt avec les habitudes. Petites fenêtres de bonheur largement ouvertes car on sait que ce temps ensoleillé est un temps compté. Chambres d'hôtels. Pays lointains. Dépaysement affectif élargissant le champ de vision. Comment conserver cette fraîcheur lorsque le quotidien reprend ses droits de monstre dévorateur de regard?

Non, la distance géographique n'est pas la raison de la disparition de la carte du tendre.

Mais quoi alors?

Comment expliquer qu'un jour on cesse d'exister dans le regard de l'autre?

Le tribut payé au despote de l'habitude ?

Existe-t-on encore lorsque son propre corps n'est plus qu'un concept, une idée dont la mémoire de l'être aimé a fait le tour ? Lorsque ce corps, habillé ou dévêtu, n'est qu'une abstraction dont l'autre ne remarque plus consciemment les contours ni la parure. Ou lorsque ce corps n'est plus l'enjeu que d'une représentation sociale qui inquiète le regard de l'être aimé se plaçant dans les orbites d'Autres, dont le regard social, professionnel, relationnel peut avoir une incidence pour lui ? L'éclair d'un instant, ce corps alors questionné par l'inquiétude, l'incertitude de l'être aimé redevient présentable, suscite la fierté lorsqu'il est avéré que, non, il n'a pas trop changé, garde son charme et flatte, non pas son propriétaire, mais la personne qui jouit de son usufruit. Je redeviens un objet désirable qui pourrait allumer des feux ailleurs. Existé-je pour autant dans le regard de l'autre ?

Et quand bien même on continue malgré tout à se nourrir au corps l'un de l'autre, le regard ne se trouve-t-il pas un jour sacrifié sur l'autel du désir ? Il n'est pas nécessaire de regarder l'autre pour sentir à côté de soi un corps dans un lit, un corps désirable certes, dont les contours répondent à des canons tout personnels, mais qui n'a besoin d'aucune densité, d'aucune consistance pour assouvir le désir de son compagnon de nuit. Dans le meilleur des cas. Parfois regard et désir disparaissent simultanément, ou avec un léger décalage qui rend la perte un peu moins douloureuse.

Quand cesse-t-on d'exister dans le regard de l'autre ? Lorsque l'un ou l'autre, l'un et l'autre sont parvenus à un tel degré d'ascétisme que la faim elle-même ne se fait plus sentir, et que l'insensibilité qui s'installe est un état de bien-être qui facilite lui-même le rapport au monde ?

Qu'est-ce qui fait qu'un jour j'ai cessé d'exister dans ton regard ?

Dans les courants d'air de la fenêtre, un reliquat de légumes à peine entamés posé dans une assiette près de moi, c'est l'obsession qui me nourrit chaque jour.

Faim, oui c'est cela, Meunier a faim. Tout de même, ce verbiage aurait presque réussi à lui couper l'appétit.

Au régime

Durant mon enfance, j'ai subi des protocoles de désensibilisation. Contre certains allergènes. Contre les moustiques. Injecter à intervalle régulier dans l'organisme de petites doses de poison qui deviendront antidote. Y a-t-il un antidote à l'amour ? Un antidote à la vie ? Un antidote aux araignées ?

Je constatai rapidement que priver mon corps de nourriture était un remède assez efficace contre la tristesse qui m'envahissait lorsque je pensais à ce qu'était devenue ma relation amoureuse. Après l'excitation des embuscades derrière les fenêtres, après les trous noirs dans lesquels le va-et-vient des araignées me catapultait, j'avais cru tout d'abord trouver un peu de répit dans les fonds de bouteilles. Au fond de larges verres de whisky sec. Monogame, je suis aussi monomaniaque. Fidèle à ma bouteille autant qu'à l'objet de mon amour. Monomaniaque. Monothéiste peut-être bientôt, moi qui n'ai jamais cru en rien ? Pas de mélanges, telle est ma devise.

On ne mélange pas les torchons avec les serviettes, l'Ê.A. avec l'Être Chéri, les Shadoks avec les Gibis, le whisky avec toutes les races d'alcool.

Mais plongeant au fond du verre, je plongeais au fond du trou. Les araignées chorégraphiaient en permanence une danse macabre sur leur toile enduite de goudron, représentation à toute heure, entrée gratuite.

Après avoir manqué de peu un soir de sauter du balcon pour mettre fin à la saison de ballet, je réalisai que loin de me permettre de fuir la douleur, mon addiction au whisky ne faisait que m'y précipiter plus allègrement. Sans joie aucune. Sans bénéfice quelconque.

Commença une période de sevrage sévère qui me laissa sans envie. Ni sommeil. Ni nourriture bientôt. L'état d'hébétude auquel me réduisaient mes insomnies, combiné à la portion congrue qui remplissait mes assiettes, contribua rapidement à m'apporter un mieux-être conséquent. Le rétrécissement de mon estomac semblait corrélé à la perfection avec ma remise de peine.

Je devins tout d'abord incapable de percevoir autre chose que la sensation de faim qui me taraudait sans relâche. Puis vint le temps où je ne la perçus même plus. J'étais libre du besoin de dormir, du besoin de m'alimenter. J'étais libre de mes sensations. J'avais l'impression d'être libre de mes sentiments. Libre de l'Ê.A. Je pouvais rester à mon poste derrière les fenêtres des heures durant sans rien éprouver d'autre qu'une sorte d'hypnose, un état de transe autosuffisant qui me permettait de percer les jours et les nuits. J'avais atteint un état de béatitude, sans avoir eu à passer par la case de la conversion.

Je devins virtuose, passant avec subtilité par toutes les nuances d'abrutissement : le petit matin hagard devant la tasse de café noir que je ne parvenais à avaler qu'à grand peine et qui n'était plus d'aucun secours pour me réveiller, les après-midi brumeux à écouter des mouches inexistantes bourdonner à l'heure de la sieste, le soir insomniaque où dans ma confusion les borborygmes produits par mon estomac fantomatique s'amalgamaient au ressac des vagues sur une plage de chimère.

Les journées se répétaient dans leurs infimes variations de néant, j'avais atteint un stade de non-existence absolu quasi professionnel.

L'Ê.A. avait bien dû remarquer quelque chose ! vous exclamerez-vous.

L'Ê.A. n'avait rien remarqué de tout cela. Continuait ses allées et venues entre l'appartement et le monde extérieur, entre mon univers et celui de l'Être Chéri, entre ma nuit perpétuelle et la clarté de l'au-dehors. J'aurais été bien en peine de dire s'il avait modifié ses habitudes, si ses sorties étaient plus fréquentes, si son attention à mon égard était moins soutenue.

Je vivais dans le chloroforme.

Une nuit où le sommeil avait enfin réussi à me prendre en traître au bout de longues heures de lutte hagarde, je me réveillai en proie à la nausée, en boule avec tous mes vêtements sur le couvre-lit même pas défait. À tâtons j'explorai le matelas. Personne. Il n'y avait personne à côté de moi. Je hasardai un pied sur le sol et me dirigeai miraculeusement dans l'obscurité jusqu'à la salle de bain.

Le néon blafard m'asséna un coup. Sur le rebord du lavabo, il y avait deux billets de cinéma déchirés, ainsi que d'autres choses dont je vous épargne le détail.

Et dans le miroir, mon reflet décharné aux cernes d'outre-tombe.

Autoportrait à la salle de bain ? s'interroge Meunier.

La nuit des morts-vivants

Incroyable cette capacité de résilience. Incroyable de constater avec quelle rapidité mon corps sortit du tunnel dans lequel il s'était cloîtré.

Cette fameuse nuit où la violence du néon avait tenu lieu d'électrochoc pour un retour à la réalité, je la passai dans la lumière clinique de l'ampoule du réfrigérateur.

Afin d'éviter les projecteurs de la salle d'opération et les halogènes d'un centre de rééducation alimentaire, je mis autant de passion à me remplir que j'avais mis de détachement à me dessécher.

Tout y passa, des yaourts allégés à la mayonnaise en tube, de la viande crue aux brownies encore congelés.

L'estomac de Meunier, qui pourtant crie famine, se révulse.

Évidemment, cette première nuit ne fut que mesure d'urgence, mon estomac ne supporta pas outre mesure les premiers soins qu'on lui prodiguait. Avec persévérance et persuasion, j'arrivai pourtant à l'amadouer.

La métamorphose n'était pas spectaculaire. Mais peu à peu ce corps qui s'était laissé réduire à l'état de squelette reprit des contours plus fermes, une allure plus avenante. Au départ je m'astreignis à ne pas renouveler l'expérience du miroir, par crainte du découragement.

Cependant, je prenais plaisir à sentir une certaine énergie remonter en moi, mes muscles reprendre vigueur, mes poumons s'ouvrir plus largement pour permettre à l'air frais d'entrer. Je dormais davantage, je dormais enfin, laissant les heures de repos nourrir mon cerveau. Vint le jour où je rêvai à nouveau. Le jour où je me souvins d'avoir rêvé. Des impressions colorées tout d'abord. Puis des mouvements, des lumières. Enfin des personnages repeuplèrent l'écran de mes nuits. Des êtres chers. Des êtres disparus. Anastasie avant qu'elle ne soit très vieille. Mes parents. La buraliste qui fournissait le tabac. Les garçons de café. Mon éditeur. Des amis d'enfance. Et une belle nuit, l'Ê.A. L'Ê.A. avait regagné mes rêves avant que de regagner ma vie. D'ailleurs était-ce à lui de reprendre mon cœur ou à moi de reconquérir le sien ? La question restait ouverte, je ne sentais la balance pencher ni dans un sens ni dans l'autre. Je laissais venir.

Au creux de mes nuits, je faisais les escapades les plus folles avec l'Ê.A. Nous voyagions au bout du monde, dans des paysages dont je n'avais jamais soupçonné l'existence. Nous regardions le soleil couchant, enlacés sur une plage inconnue. Nous nous embrassions à la sauvette dans une cavalcade effrénée au travers de la ville. L'intensité de nos regards brûlait la nuit et laissait planer dans notre sillage un parfum de soufre et de désir.

Je retrouvais une vie amoureuse d'une ardeur telle qu'elle n'en avait pas connu depuis une éternité.

La tentation était grande de me contenter de cette existence onirique.

Mais, nourri corps et âme, mon Moi me rappelait vigoureusement à la vie. Mes jambes avaient envie de fouler à nouveau le bitume, mes bras d'ouvrir grand les croisées pour que je me penche sur le rebord de la fenêtre et regarde le grouillement des passants et des motos dans la rue, absorbant de larges brassées de gaz d'échappement.

Mes débuts furent prudents. Je me contentais de m'approvisionner à la boulangerie d'en face.

Puis, quand mes jambes furent plus solides, je me hasardai jusqu'à l'épicerie du coin. Étape suivante, le coiffeur, pour me recomposer une tête présentable et affronter en pleine possession de mes moyens l'épreuve du miroir. Quand je jugeai celle-ci franchie avec succès, je me lançai dans l'ultime étape. Mon sacro-saint café.

Et l'Ê.A., me direz-vous encore, l'Ê.A., ailleurs que dans tes rêves, où était donc tapi l'Ê.A.?

Enfin oui, parbleu! Masqué derrière son acronyme ridicule, le bougre est le grand absent du procès, constate Meunier.

Manufacture des Gobelins

L'Ê.A. dans tout cela avait sagement fait tapisserie. Certes non, il n'avait pas endossé le rôle de Pénélope, défaisant la nuit ce qui se tissait le jour, mais il avait regardé l'œuvre s'accomplir sans y interférer de quelque manière que ce soit. À l'étape de la démolition comme à celle de la reconstruction. Irais-je jusqu'à dire qu'il y était resté complètement extérieur? Évidemment non, mais il l'avait traversée d'une façon différente, dans un monde parallèle au mien, dans une autre dimension.

Pourtant la tapisserie aurait pu être un de ses points forts. Non qu'il s'exerçât régulièrement au point de croix ou au point lancé. Mais il aurait fort bien dessiné le fond du canevas qu'on aurait ensuite porté à la manufacture des Gobelins.

L'Ê.A. exerce en effet avec palette et pinceaux. Il semble que j'aie oublié de vous en parler.

D'ailleurs, je l'avais à peu près oublié moi-même, jusqu'à mon entreprise de restauration.

Quand voici un soir, face à moi, le profil de l'Ê.A. se découpant derrière la toile qu'il est occupé à enduire d'apprêt. La tête de l'Ê.A. dépasse du chevalet, qui lui masque la petite table à dîner. La petite table où je suis consciencieusement en train de dîner dans notre minuscule appartement. La petite table bancale qui touche le trépied, et bouge au rythme des mouvements du pinceau. La petite table où est posée une assiette de pousses d'épinards et de quartiers de tomates, dans laquelle je pioche allègrement. Les allers et retours de ma fourchette s'harmonisent avec ceux du pinceau ; nous sommes tous les deux à l'œuvre, moi dans mon opération de remplissage, lui en plein élan créateur.

L'Ê.A. ne prête aucune attention à mes activités. Je me trouble à l'idée que l'odeur de la nourriture ou la trivialité de la scène pourraient l'incommoder. Mais il semble n'en avoir aucune conscience. Ai-je atteint un état de transparence si avancé que tous mes efforts pour reprendre de la matière soient voués à l'échec ?

Je me demande ce qu'il est en train de peindre. Une chimérique *Dame à la licorne*? Une composition entièrement nouvelle? Ou, suivant la technique des anciens maîtres, un pentimento retravaillant un vieux portrait de moi pour lui donner les traits de l'Être Chéri? Je m'empourpre. Je deviens aussi rouge que mes tomates. Il semble que je ne t'inspire plus, Être Aimé qui n'es plus mien, depuis longtemps peut-être, je n'ai pas su l'entendre. Quelle situation ridicule. Puis j'éclate de rire. Il y a quelques semaines, peut-être aurais-je fait un bon sujet de *Nature morte à la tomate*.

30

Meunier, fataliste, laisse définitivement tomber les feuillets.

La scène du frigo. Pathétique. Détails triviaux et scabreux.

D'ailleurs, il se rappelle qu'il n'a rien mangé. Se plante devant la cire vierge et fondue, qui elle ne se nourrit que d'air pur. Il a envie de quelque chose de bien concret, là, tout de suite, pas de vent ou de péripéties fumeuses. Surtout pas de tomates – en matière de salades, il est déjà servi.

Il se prenait à faire tourner le plateau posé sur la table, machinalement. Combien de fois avait-il exécuté ce geste, précisément, calculant l'angle d'attaque et la vitesse de rotation, l'angle de vue et la vitesse d'obturation. À cet instant, il lançait la rotation d'une façon mécanique, regardant la forme fondue, comme liquéfiée, virevolter sans grâce particulière, danse maladroite et presque ridicule. La ballerine n'est pas très coopérative, son ventre bleu et blanc proéminent projeté devant elle avec aplomb, comme une maternité de droit. Meunier soupire. C'est désespérant, aucun allié dans cette maison. Il se sent bien seul tout à coup. Mais l'était-il moins quelques heures auparavant ? Tout cela ne serait-il qu'illusion ? Et de lancer le plateau en sens inverse des aiguilles d'une montre. Déstabilisée, la vierge oscille sur son piédestal. Voilà qui est intéressant. Pouvoir enfin secouer les évidences et les majestés. Meunier reprend espoir. Se réveille. Cherche son Leica. Tournez manège, la séance va commencer, prenez place Messieurs Dames, vous n'imaginez pas le spectacle auquel vous allez bientôt assister.

Avec un malin plaisir, Meunier donne des impulsions, alternant droite et gauche, au plateau à fromage. Oui, ne vous frottez pas les oreilles, vous avez bien entendu. Voilà le mécanisme ingénieux qu'il était prêt à révéler un peu plus tôt à Zimmerman. La vierge trône en majesté sur un plateau à fromage. Et les mouvements giratoires impriment aux plis de son voile et de sa robe des traînées horizontales contrariant les plis originaux du drapé, augmentent les formes jusqu'à la disproportion, maquillant le visage jusqu'à l'abnégation, faisant ressortir le giron au point de la maternité double ou triple. D'autant qu'aujourd'hui, les sens de rotation alternant pour la première fois, Notre-Dame vacille sur son socle, ne sait plus comment garder son équilibre, essaye de se cramponner à ses fondations alors que son sommet a définitivement chu sans qu'on sache pourquoi lors de la nuit fatidique, par solidarité ou par miracle. Pour la première fois, Meunier vient à penser qu'il la trouve belle cette vierge, dans son état ravagé, peut-être plus belle encore que lorsqu'elle jouissait de son intégrité. Ce bleu pâle qui l'horripilait, il en vient à l'aimer dans tout ce qu'il a subi d'outrages, volontaires ou imposés. Le poids des siècles et des hommes s'est incrusté dans sa chair de cire fondue, qui en devient plus humaine, plus abordable dans sa souffrance. Pour rien au monde il ne regrette de ne pas avoir immortalisé la version originale sur papier baryté. Le temps d'observation mutuelle a été suffisamment long pour qu'il en conserve une image précise et, à présent que la voilà marquée par les avaries du siècle, il éprouve une tendresse incontrôlée pour cet objet, cette représentation qu'il a lui-même martyrisée.

Restez comme vous êtes, Notre-Dame des hommes et des cieux. Restez comme vous êtes, Madone des Larmes, je ne vous ai pas touchée, vous seule vous êtes transformée, Madone de compassion, Notre-Dame d'un monde qui en vient à se consumer lui-même, Notre-Dame d'un monde en combustion de ses propres folies.

Pour la première fois, Meunier en vient à penser qu'il la préfère ainsi, avec ses meurtrissures, et que rien ne sert de la restaurer.

Il ne faut pas reconstruire Notre-Dame.

31

Comme on l'aura compris, le baryton montrait piètre figure lorsqu'il ressortit de la pharmacie en compagnie de Zimmerman, le visage en partie amputé de son ornement caractéristique. Agacé par le peu de cas que l'on faisait de son art, et les lectures pathétiques qu'on lui imposait, Meunier s'était réfugié à la terrasse du Barretta – impossible pour le duo d'éviter le regard du photographe assis devant son bock de bière, qui, sans directement interroger, avait tout de même l'air fort surpris.

Explications minimalistes : on avait paré au plus pressé, à présent, pour parachever sa guérison, il fallait que le jeune homme s'accorde un temps de convalescence qu'il choisissait de passer hors de la capitale. Quoi d'étonnant à cela ? Même si l'amputation physique n'avait concerné que le pelage, peut-être le préjudice psychique était-il plus élevé qu'on ne le pouvait croire.

Avait-on besoin d'aide dans cette entreprise? Zimmerman s'empressa d'expliquer qu'on avait déjà tout prévu, mais que si Meunier s'offrait de les accompagner à la gare la plus proche, cela éviterait au convalescent de s'infliger le fardeau supplémentaire du poids de son bagage.

Ainsi qu'on s'en souvient, Zimmerman n'était pas d'une carrure athlétique, alors que Meunier semblait suffisamment bien bâti pour servir cette opération. Ledit bagage serait vite fait: l'ex-barbu n'avait rien d'un Shiva capable de tracter une collection de sacs de voyage, un petit quart d'heure y suffirait. Zimmerman invoqua un ajout de pardessus nécessitant un bref retour dans ses quartiers – laissant Meunier abasourdi face à sa bière à moitié vide. Un quart d'heure, un peu trop long pour se contenter d'une moitié de pinte, mais peut-être un peu juste pour siffler un demi supplémentaire, surtout s'il lui fallait ensuite jouer les chevaux de trait, métamorphose vexante pour un ours.

L'un flanqué d'un sac à dos aux bretelles peu fiables – le Leica passé en bandoulière par sécurité –, l'autre les poings fourrés dans les poches de son pardessus, le dernier les mains encadrant un bandage de momie, voici les trois comparses, presque bras-dessus bras-dessous, en chemin vers la gare qu'on peut deviner à présent à l'horizon, de l'autre côté des quais de Seine. Les transports en commun eussent probablement été plus commodes pour l'acheminement du bagage et de son propriétaire, mais le trajet fort peu direct au vu des escaliers et couloirs des correspondances. Personne n'y aurait tiré avantage.

Quand bien même le fond de l'air était légèrement frais en cette fin de journée, argumentait Zimmerman, un peu d'oxygène et d'exercice ne pouvaient faire que du bien au pauvre malmené avant qu'il ne se trouve enfermé plusieurs heures durant dans un compartiment de chemins de fer. Vrai, pensait Meunier, mais à cette heure-ci, la nuit tombant paisiblement sur cette journée de printemps, vers quelle destination le jeune écervelé pouvait-il espérer s'acheminer ? Ne pas poser de questions, surtout ne pas poser de questions, plutôt tourner sa langue sept fois dans sa bouche et se mordre les joues que de montrer la moindre curiosité envers ce qui, somme toute, ne le regardait pas.

En quelques enjambées, la distance est franchie, et la gare apparaît, traversée en sous-sol par les rails du métro qui ne les y a pas conduits. On cherche le panneau d'affichage des départs, puis la voie indiquée, et Meunier pousse l'amabilité jusqu'à hisser le baluchon dans le rack à bagages de ce qui s'avère être un compartiment couchettes. Les adieux sont brefs, pas de vaines recommandations ni de mouchoirs tirés du gilet. Lorsqu'il redescend sur le quai pour rejoindre Zimmerman, Meunier, lisant la plaque qui mentionne la destination du train insérée dans la portière, laisse toutefois percevoir son étonnement :

– Rome ? Mais que diable va-t-il faire jusqu'à Rome ?

Énigmatique, Zimmerman répond :

– Plus loin encore. Un pèlerinage à Assise.

32

À son poste devant le clavier, Zimmerman entre une nouvelle fois en méditation. Les mains posées à plat sur son pantalon foncé, se concentre sur l'alternance des touches noires et blanches, sans pour l'instant les effleurer. Tout est en harmonie, le silence fait son lit à la musique qui va s'éveiller, l'ébène des marches du clavier et le velours de son pantalon, l'ivoire des feintes et les manchettes blanches de sa chemise. Le rituel est en place, sérénité et puissance, autorité et jubilation. Zimmerman se concentre sur la noblesse de l'ébène et de l'ivoire, inspire profondément et pose ses mains sur le clavier.

Holà, lecteur, en avez-vous assez d'entendre parler des méditations de Zimmerman ? Et Zimmerman, peut-être, en aura assez aussi.

Aujourd'hui, quelque chose grippe dans le cérémonial parfaitement organisé. Dès les premières notes, au lieu du classique alignement des noires, blanches et croches imprimées sur le papier légèrement ivoire, Zimmerman voit surgir des traînées bleutées qui brouillent les portées. Qu'est-ce que ces taches viennent faire entre la mesure 14 et la mesure 15 ? Zimmerman essaye de ne pas se laisser déconcentrer, mais voici qu'entre les mesures 28 et 29, une nouvelle attaque de bleu sévit, d'un ton plus soutenu. La tonalité de la pièce n'a pas changé cependant, aucune modulation en vue, nous n'en sommes qu'à l'exposition du sujet. Zimmerman attaque le contresujet, et voici que le bleu frappe encore, criard, bleu canard cette fois-ci. Qu'est-ce que c'est que cette histoire. Garder sa concentration, surtout garder sa concentration. Zimmerman met le cap sur le divertissement, qui évidemment a modulé. Et la couleur de moduler de concert, sans aucune subtilité chromatique, brutalement, orange pétard. C'en est trop, Zimmerman sent la moutarde lui monter au nez, un jaune moutarde sans concession. Le couvercle claque, un tour de clef dans la serrure. Qu'est-ce que c'est que cette intrusion chromatique dans la rigueur d'une fugue du XVIe siècle ? Pour avoir aussi mauvais goût en matière d'association de couleurs, il n'y a que… il n'y a que le baryton. De fait, il semble ne pas avoir quitté la méridienne, sa veste bleu canard déposée sur un dossier de chaise, son foulard orange dénoué de son cou et ses chaussettes neuves, de fil jaune, hantent encore incongrûment le souvenir de Zimmerman.

Quel pitre. Lorsqu'on se présente pour un entretien, on évite de donner dans le clownesque. Il reste bien du chemin à faire au jeune homme. Zimmerman hausse les épaules. Les oreilles lui démangent. On gratte à la porte. C'est subtil, discret, mais clairement identifiable par ses oreilles habituées à un minimum de décibels : on gratte à la porte.

– Bonjour, excusez-moi, j'espère que je ne vous dérange pas, j'avais cru entendre que vous étiez là…

Sur le paillasson, il y a un Meunier dont la grosse patte d'ours a gratté à la porte.

– Mais peut-être le moment n'est-il pas opportun, je pourrais repasser une prochaine fois…

En voilà une idée, gratter à sa porte. Il était dit que la mécanique de la journée serait grippée. Il faut cependant reconnaître que c'est la première fois que Meunier se permet ce genre d'incongruité. La première fois qu'il pose un pied au-delà du paillasson.

– Eh bien, ne restez pas là, je vous en prie, entrez.

– Peut-être aviez-vous une occupation importante ?

– Non, non, ne vous inquiétez pas, de toute façon j'avais fini.

Penaud de son audace, mais après tout, le savoir-vivre avait subi quelques entorses ces derniers temps, Meunier franchit le seuil.

– Je vous remercie. Voilà… comme nous avions été interrompus la dernière fois, j'ai pensé… je me suis dit que vous souhaiteriez peut-être jeter un œil à la suite de mon travail…

Il ne manquait plus que cela. Mais après tout, puisque l'après-midi est gâché, autant aller jusqu'au bout.

– Quelle bonne idée ! Après vous, avancez dans le couloir, installons-nous dans le bureau, nous y serons mieux.

À pas de velours, tâchant de ne rien déranger sur son passage, Meunier progresse sur le tapis du couloir, notant au passage les nombreuses pièces encadrées accrochées au mur. Aurait-il vu juste ?

– Prenez place, je vous en prie.

Précautionneusement, Meunier essaye de faire tenir son gabarit dans une des bergères qui menace de craquer sous son poids. Avant d'apporter un éclaircissement à la raison de sa présence dans les lieux, il prend tout de même le temps de jeter un regard circulaire à la pièce, qui confirme ce qu'il soupçonnait depuis longtemps, à savoir la présence d'une grande table rectangulaire, épaisse, munie d'une sorte de tiroir. Mais aucune trace des lettres écumées jour après jour au rabat de la boîte aux lettres. Tout est extrêmement propre, ordonné, rangé, pas la moindre paperasserie traînant en vue, on croirait presque qu'il ne se lit ni ne s'écrit rien du tout ici.

– Nous disions donc… Vous souhaitiez me montrer quelque chose ?

Meunier soudain se sent timide. En viendrait à minauder.

– Vous voulez regarder, c'est sûr ?

Zimmerman commence à en avoir assez des tergiversations. Puisqu'on en est là, finissons-en !

– Bien sûr, bien sûr, avec grand plaisir.

Un sourire satisfait aux lèvres, Meunier ouvre le porte-vue.

– Vous pouvez le poser sur le secrétaire, cela sera plus commode.

Sur le secrétaire. Pas sur la table. Meunier a noté la différence.

Et voici le porte-vue étalé sur le secrétaire, Zimmerman tournant une à une les feuilles de papier baryté.

– C'est… étonnant… très intéressant… très différent de ce que vous m'aviez montré la première fois… pourtant on sent qu'il y a une continuité, mais…

Le sourire de Meunier croît, un sourire d'aise sinon de béatitude.

Zimmerman continue à feuilleter le portfolio, jusqu'à la dernière planche.

Meunier est radieux, il a emporté la partie.

– Venez, entend-il, je vais vous montrer quelque chose.

L'information met du temps à remonter des oreilles du photographe jusqu'à son cerveau. C'est son heure de gloire. Qu'aurait-on à y ajouter ?

D'une des étagères, Zimmerman extrait un volume. *Synopsis plantarum*, édition de 1805. Et glisse sous les yeux de Meunier une planche, Meunier qui ne saisit pas d'abord, pense avoir la berlue.

– Gingembre coquille. Gingembre d'ornement si vous préférez. Atoumo, fleur coquillage, fleur de mon âme, fleur de paradis, gingembre cannelle, *Alpinia zerumbet.* Ou bien encore, larmes de la vierge.

Une plante exotique s'exhibe sur le papier, avec une grappe de fleurs luxuriantes, d'extérieur blanc rosé, s'épanouissant en un cœur rouge et jaune aux limites de l'orangé.

Sous le volume botanique, les dernières planches de Meunier révèlent une forme tourmentée, dont le bleu a presque disparu, laissant place à un blanc mal défini sur lequel perlent des gouttes jaune orangé qui se répandent jusqu'au bas de la robe. Larmes de la vierge.

33

Ses grandes jambes coincées entre les sangles et les montants de la couchette, le baryton essaye de caler comme il le peut son crâne contre l'oreiller, sans défaire le pansement qui lui décore le visage, poussant force soupirs en silence. Le silence. Voilà le propos de son voyage. Un peu de préparation ne saurait nuire. Il aurait mieux fait de se taire, d'ailleurs, ce fameux après-midi, dans la petite salle de répétition du numéro 39, boulevard Saint-Germain. Petite salle de répétition qui tient à la fois de la salle de classe et du salon particulier, boiseries, parquet et portes vitrées. Et, face à lui, sur une dizaine de chaises d'écoliers, une dizaine de gamins âgés tout au plus d'une dizaine d'années, qui le regardent avec une curiosité moqueuse. Que va-t-il essayer de nous faire faire celui-là, les entend-on penser très fort.

Celui-là essaye de ne pas se laisser démonter, après tout, il a la chance d'être le premier candidat, les petits cobayes ne sont pas encore trop blasés, ni excités, ni ennuyés à mourir par un après-midi d'épreuves pratiques, c'est un bon point pour lui, sachant toutefois pertinemment qu'ils feront tout pour tester à la fois ses compétences musicales, son autorité, son sang-froid et sa patience.

– Monsieur, le chœur est à votre disposition, vous avez une demi-heure.

Évidemment, il le sait qu'il a une demi-heure. C'est vraiment très court pour prouver ce dont il est capable, et ça peut être interminable si cela ne se passe pas bien avec les apprentis maîtrisiens aux regards déjà allumés de moquerie.

Plan de bataille. La montre posée sur le pupitre de direction, le compte à rebours a commencé. Déterminer les pupitres. Qui chante soprano 1, soprano 2, alto ? On cartographie la salle. Allez, levez-vous. On se place en cercle. Oui, oui, en cercle. Un peu de réveil corporel, quelques vocalises pour commencer, allez, on se secoue, c'est pas l'heure de la sieste.

Évidemment, il ne leur parle pas comme ça. Mais face à ces petites mines faussement candides, raie sur le côté impeccablement tracée, chemisiers boutonnés jusqu'au col, cheveux nattés, souliers à brides, il meurt d'envie de se le permettre. Restons calme. Il s'agit d'éveiller les enfants sans les surexciter.

Le baryton sent les regards narquois des apprentis chanteurs rebondir contre ceux de la rangée de jurés dans son dos, bloc dont la présence silencieuse pèse du haut de siècles et de siècles d'autorité.

Et vlan, cela ne manque pas, première crise de fous rires lorsqu'il ouvre la bouche pour montrer l'exemple de sa voix de contre-ténor mal assurée. Il fallait s'y attendre, même si les gamins ont l'habitude d'entendre des hommes chanter dans une tessiture de femme, peut-être eût-il mieux fait de montrer l'exemple dans une tessiture plus virile. Il fallait s'y attendre, il a le trac, et c'est fort probablement pour ça que les gamins rigolent. Sa voix chevrote comme celle d'une octogénaire, son diaphragme fait des bonds, son souffle ne tient pas, et il a du mal à percevoir le sol sous ses pieds. Ses gestes aussi s'en ressentent, désordonnés, trahissant son agitation intérieure.

Les minutes grignotent le cadran, il faut avancer, sous peine de voir l'excitation irrespectueuse qui commence à gagner les rangs se propager comme un feu de paille. Un instant pourtant, il garde les yeux fermés. Que va-t-il pouvoir leur faire chanter ? Il garde les yeux fermés. Sa serviette est pleine de partitions, il s'est préparé à presque toutes les éventualités. Garder les yeux fermés, un instant encore. Écouter ce qui lui vient. La pureté de la vocalise du *Miserere* d'Allegri. Brahms, la *Rhapsodie pour contralto*. Mahler, *Résurrection*. Décidément, les enfants n'ont rien à faire là-dedans.

Il ouvre les yeux, se lance dans la mise en place d'un chant populaire hongrois à deux voix. Sa voix déraille. Les enfants pouffent. Le jury bâille. Mauvaise pioche. Il eût été plus intelligent de choisir un psaume en latin.

Décidément, les enfants n'ont rien à faire avec sa musique. Si ce n'est chez Mahler lorsqu'ils sont morts. *Kindertotenlieder*.

Le cadran de la montre affiche l'heure fatidique.

Échec et mat.

Lorsque le téléphone sonne dans le taxi qui le conduit chez lui à la fin de la journée, il pourrait se passer de décrocher. Il sait. Ce qu'il ne sait pas, c'est qu'il a oublié ses clefs.

34

Après avoir rangé le volume de botanique illustrée sur les rayonnages, Zimmerman a regagné sa chambre. Et nous allons discrètement lui emboîter le pas, discrètement, lecteur, car il semble qu'en dehors de nous qui allons le faire clandestinement, personne n'ait eu jusqu'alors le privilège de pénétrer dans la chambre à coucher du troisième cour. Soyons délicats, et savourons l'honneur qui nous est fait.

Zimmerman s'assied sur la courtepointe du lit impeccablement tirée, et plonge dans la contemplation d'autres rayonnages. Car de rayonnages il est ici aussi question, mais point de livres ni de papiers. Plutôt que des rayons ce sont d'ailleurs des cubes, relativement hauts et larges, où de minces pochettes de même format sont serrées.

Et d'après vous, lecteur, que peuvent contenir ces fines pochettes de carton carrées ? Si vous êtes un tant soit peu perspicace, même sans fourrer votre nez partout, vous remarquerez sur un coffre une belle mallette de cuir dont le couvercle déverrouillé a été relevé, abritant ce qui s'apparente à un plateau rotatif armé d'un bras mécanique. La rotation est manifestement la thématique du moment.

Zimmerman contemple sa collection de trente-trois tours, dans un état d'indécision ou de concentration avancé. Puis se lève, sans hâte, pour aller s'intéresser à un coin particulier des casiers. Connaissant un peu mieux Zimmerman à présent, comment pensez-vous que ses disques soient classés ? Par ordre alphabétique ? Cela serait sous-estimer son érudition et son sens de la méthode. Avant d'en venir au sous classement de l'alphabet, les vinyles ont été précisément répertoriés par époque et par genre. De la musique médiévale au sérialisme, poussant jusqu'aux expérimentations de l'Ircam, sans toutefois donner à ce siècle délirant parfois jusqu'à l'intégrisme une place démesurée.

Mais ce n'est pas de ce côté que se porte ce soir le regard de Zimmerman. À l'opposé, Zimmerman a choisi le district Moyen Âge-Renaissance, jusqu'à la période baroque, soit un ambitus couvrant plus d'une quinzaine de siècles tout de même. Dans le secret de la chambre des larmes, un premier disque trouve sa place sous le bras de l'électrophone. Le *Livre vermeil de Montserrat*. Les yeux clos, Zimmerman entre en pèlerinage. Suivent Monteverdi, Luigi Rossi, puis Leonardo Vinci, Pergolesi, Haendel et

Ferrandini, sous leurs plumes la Vierge ne cesse de se tordre les mains et de répandre ses larmes jusqu'au cœur de la nuit qui doucement est tombée, sans que Zimmerman n'ait allumé une lampe, une chandelle, un cierge dans ce sanctuaire des pleurs. Y a-t-il pour autant des larmes creusant leur sillon sur les joues de Zimmerman ? Non, Zimmerman demeure, fidèle à son habitude, impassible, c'est à se demander quel bois, quelle pierre, quelle matière inhumaine constitue son cœur et son corps. À tel point que ni la douce obscurité ni les sanglots exprimés par le diamant du gramophone ne lui provoquent gêne ou peine.

Vierges noires et vierges éplorées lui tiennent au contraire compagnie dans une familiarité aux accents endoloris, vibrato serré des sanglots, soutenus par le phrasé des cordes et l'élévation lumineuse des accords de l'orgue vers les cieux. La dernière note évanouie dans son assomption mystique, Zimmerman replace le disque dans son papier protecteur dont la transparence laisse apparaître au centre le titre dans un rond jaune, avant de le ranger dans sa pochette. Lit distraitement le commentaire musicologique imprimé au dos, qui ne lui apporte rien de neuf, et observe la photographie de la console ouvragée du petit orgue positif qui s'est prêté à l'enregistrement de l'œuvre. Combien familiers lui sont ces instruments. Zimmerman leur a une petite tendresse. À ce propos, dans le meuble de chevet placé à la tête du lit, va chercher un catalogue dont les pages abritent les individus les plus remarquables. Régales, positifs, orgues de chœur, ravissants nids d'hirondelle, orgues à double-façade, Cavaillé-Coll, et, en double page, les grandes orgues de Notre-Dame de Paris. Combien d'ajouts, combien de restaurations pour ce monument qui jusqu'alors avait réussi à traverser les âges, passant en héritage des mains des titulaires les plus prestigieux à celles de leurs successeurs qui ne le furent pas moins ?

Et à présent ? Ombre et brouillard, flammes de l'enfer, suie et poussière, quel avenir ?

Jusqu'ici mauvais maître mais bon serviteur, le feu se rebelle aujourd'hui, dévorateur qu'on ne peut arrêter. Assurément, ce monde ne brûle plus comme avant.

35

C'était irrépressible. Le poil clairsemé à la limite de la pelade, le demi-barbu n'avait pu s'en empêcher. Son sac de voyage à grand peine entreposé sur ses grandes jambes qui ne savaient où se mettre, le baryton avait senti monter en lui ce besoin primal de respirer dans l'atmosphère saturée du métro, et de laisser s'écouler hors de lui cet air qu'il retenait depuis trois jours, chargé de mots autant que de notes. Trois jours de retraite, c'était au moins trois de trop, le temps du retour était largement venu. D'abord indifférents, un allumé de plus ou de moins dans la rame cela n'avait rien de surprenant, les passagers avaient peu à peu levé le nez de leurs téléphones mobiles, grilles de mots croisés, ou plus souvent de leur passivité végétative. C'est qu'il chante bien, le bougre. Pas un saltimbanque ordinaire avec un lecteur CD servant d'orchestre à son karaoké, qui viendra au bout de deux chansons vous présenter un chapeau ou une sébile afin que vous l'alourdissiez de la ferraille qui encombre vos poches. Non, le bonhomme ne montre pas la moindre intention de quémander quoi que ce soit, chante *a capella* quasi religieusement assis sur un coin de banquette, les genoux, sur lesquels repose un miteux sac de voyage en toile, remontés jusqu'au torse. Chante religieusement quelque chose qui ne s'apparente ni à un psaume, ni à une prière, plutôt un déchirement des poumons, surtout pas en latin mais bien en italien séculier, peut-être cinq ou six personnes dans le wagon sont-elles capables de le percevoir et puis, allons, rêvons un peu, peut-être une personne est-elle capable de comprendre qu'il s'agit du grand air de Canio, alias Pagliaccio, qui, bien que dans une tessiture dépassant évidemment les possibilités de notre baryton, illustre le paradoxe du comédien obligé de revêtir son costume pour monter sur scène, « Ris, Paillasse, et tous t'applaudiront », et personne ne rit dans le wagon, et personne n'applaudit non plus, certains conscients d'assister à quelque chose dépassant la banalité d'un trajet en métro dans le flot des incivilités et de la mendicité, acte totalement gratuit et obligatoirement partagé, car personne n'ose l'interrompre, ce baryton barytonesque se risquant aux aigus où ses confrères ténors se sont illustrés, ce barbu atteint de teigne qui se jette à corps perdu aux limites de sa voix, il la cherche encore sa voie ce cher garçon, brebis égarée après trois jours de contention, après trois jours de rétention, de mesure et de silence, et que diable, lorsque silence il y a dans une partition, il est mesuré, calculé, il s'insère entre une note et une autre, il est habité ce silence, vécu, il illumine ce qui l'a précédé et ce qui le suivra, il n'est pas vide, loin de là, petit cœur chaud et plein que ce silence qui palpite au sein de la musique, loin du silence des matines, loin du silence de l'oraison ou du réfectoire, loin d'une vie consacrée à l'au-delà, ou sinon à un autre au-delà, comment a-t-il pu survivre à trois jours de récollection, tentez l'expérience, lui avait-on dit, venez réfléchir en silence sur vous-même, loin des sollicitations du monde, offrez une halte à votre cœur et à votre esprit, relevez le défi du silence, mais ce défi n'est-il pas plutôt une punition, et une punition en rétorsion de quelle faute, hein, peut-il se permettre de vous le demander, on lui promettait en échange d'une saine fatigue et d'un renoncement certain des moments de grâce, mais la grâce ne la touche-t-il pas en musique, non pas lors de l'office liturgique grégorien, de grâce, il n'en peut plus du chant grégorien, de l'instruction spirituelle, de la quête d'un contact personnel avec Dieu, tout ce qu'il souhaite c'est un contact personnel avec la musique, avec sa musique, entendre son appel à la vie toute tournée vers la musique, sans promenades méditatives dans les jardins, sans douces mélodies horripilantes, sans injonctions à couper ce qui le relie au monde (couper, encore, mais tout le monde s'acharne à vouloir couper, tailler, raser, qu'a-t-il fait pour mériter cela ?), et vous me réciterez cinquante Je vous salue Marie, on lui promettait des réponses, il n'en a pas trouvé si ce n'est en lui-même, pas dans les travaux manuels, jardinage, blanchisserie, rangement de la bibliothèque ou panification, non, il sent bien que ces réponses ne sont qu'au plus profond de sa voix, et d'ailleurs les voyageurs recueillis n'applaudissent pas, et tout juste, presque en s'excusant, lorsqu'avec précipitation il déplie ses genoux et déploie ses ailes d'archange, balançant son baluchon par-dessus son épaule, lorsqu'il ouvre à la hâte la porte du wagon en reconnaissant sa station, à peine délivré du monastère le voilà qui s'engouffre à Saint-Michel - Notre-Dame, tout juste alors osent-ils murmurer : merci.

36

Un peu chancelant après avoir à peine dévoilé ses expériences rotatives à Zimmerman, Meunier descend les trois étages restants dans l'espoir de trouver quelque consolation roborative au Barretta, ouvre machinalement sa boîte aux lettres, et y attrape la grosse enveloppe de papier kraft qui l'encombre.

Pas le courage de remonter, c'est à la terrasse qu'il la décachète, après avoir tout de même commandé un demi et un sandwich provisoire.

Deuxième acte…

De l'autre côté du miroir

Pentimenti

Tes « Mon Amour », tes « Mon Chéri » me font horreur, je te l'ai dit d'ailleurs. Mes pinceaux. Ma palette. Voici les seuls mots que je puisse imaginer posséder. Et toi, maintenant ? Toi moins que quiconque.

Objet Désiré. Je t'avais attribué ce nom en secret au tout début de notre histoire. Parce que je trouve totalement ridicules et aliénants les petits mots « doux » qu'on se permet de donner à la personne qu'on aime.

Objet Désiré. Je t'avais baptisé ainsi car je trouvais que cela représentait au plus juste ce que je ressentais pour toi. Objet de mon désir, charnel et spirituel. Si je devais te dépeindre aujourd'hui, quel terme choisirais-je ?

Toi qui as une fâcheuse tendance ces derniers temps à prendre racine, à te transformer en plante en pot... de colle. Si je devais tremper mes pinceaux dedans, j'ai la nette impression qu'ils resteraient figés sur la toile. Une sensation de lourdeur, d'inertie est montée, qui m'empêche d'avancer à tes côtés, et me force à chercher de la légèreté ailleurs. Pourrais-tu essayer d'absorber un peu de dissolvant afin que je ne reste pas dans la glu ?

Objet Décollé, voilà comment aujourd'hui j'aimerais réellement te nommer.

Allons bon... après les Êtres Aimés et les Êtres Chéris, voilà qu'on passe aux Objets Désirés ou Décollés. Tout cela semblait pourtant de même facture, pense Meunier. Aurait-on changé de point de vue?

Piste de décollage

Je sors de l'immeuble et tourne à gauche dans la rue. Cette rue bordée de bars où je vis depuis des années. Le bar cubain, le café populaire, le thé dansant, les divers bars à bière, le coin créole, le bar à vin où on peut goûter des huîtres sur un tonneau, les bars à jeunes, les coins à vieux, ceux qui font restaurant et ceux qui ne le font pas. Autant d'univers qui se côtoient apparemment sans heurts et ne se mélangent pas. Autant de petits îlots qui s'animent la nuit et entre lesquels j'ai appris à naviguer quotidiennement, entre les reliefs des excès nocturnes qui jonchent le trottoir en attendant le passage des éboueurs du matin. Petit parcours rituel, humer l'air de la ville avant d'aller m'enfermer à l'atelier, prendre la température des saisons qui passent et de l'évolution de la lumière. Petit rituel du matin que j'aime accomplir d'un pas solitaire et décidé.

Je sors de l'immeuble et tourne à gauche, toutefois, malgré le ciel dégagé, j'ai l'impression qu'une chape pèse sur mon crâne ce matin. Aucune trace de migraine pourtant, aucun stigmate d'abus de la veille. Mais je me sens le pas moins léger et moins joyeux qu'à l'accoutumée. Comme si quelque chose s'était collé à l'arrière de mon crâne et suivait le moindre de mes mouvements.

La rue n'a rien changé de sa physionomie habituelle. Quelques enfants, cartable au dos, qu'on tient par la main pour les mener à l'école. Les traînards du petit matin qui cuvent dans la bière les folies de la veille. Les tôt levés qui chargent leur dose de caféine avant d'aller travailler. Les ni tôt ni tard car ils n'auront rien à faire d'autre de la journée que de rester attablés en remplissant des grilles de mots croisés. Les cafetiers qui font tourner leur commerce tout en réceptionnant les produits destinés à la cuisine du jour. Rien d'anormal, le calme relatif du bruissement de la vie au petit matin.

Rien d'anormal sauf cette sensation de pesanteur qui tire presque mon crâne vers l'arrière plutôt que la résolution habituelle avec laquelle je franchis les quelques centaines de mètres de la rue ponctuée de cafés.

Rien d'anormal si ce n'est l'impression que chacun de mes pas a du mal à décoller, englué dans un bitume fondu. Pourtant, pas de soleil excessif. Le trottoir maintient son aspect de tous les jours, gris et sale.

Je me demande si c'est moi qui génère cette lourdeur aujourd'hui. Voir si les symptômes persistent.

Regarder vivre

Il n'y a pas de peinture sans regard. Imagine-t-on un peintre aveugle de naissance, ou un musicien qui n'aurait jamais entendu une note de sa vie ?

Pas besoin d'imaginer quand on en a un en guise de voisin, se renfrogne Meunier, qui perd les bonnes dispositions qu'il sentait poindre.

Je ne peux peindre que ce que je vois, et j'ai besoin du grouillement des images et des sensations pour peindre la vie. Je ne peux peindre que ce que je vis. Aller dehors, regarder, humer, goûter les nuances de lumière, les nuances de visages, les émotions qui mettent les corps en mouvement, les petites impulsions des rencontres, les chocs, les étonnements, les sidérations, tout ce qui se reflète sur êtres et choses et que j'emmagasine derrière ma rétine. Je ne m'imagine pas peintre sans regard, je ne m'imagine pas être vivant sans vie. Je ne parle pas d'une existence végétative, manger, boire, dormir, même si cela fait aussi partie des plaisirs de la vie. Une existence pleine à embrasser le monde, à en faire dix fois le tour si une vie pouvait y suffire.

Il y a tant d'endroits que j'aimerais connaître, tant de lieux où je n'ai jamais mis les pieds et que je brûle de découvrir, d'observer, dont je brûle de me remplir. J'ai besoin de nourrir mon magasin d'images, de me bâtir un réservoir, une bibliothèque d'idées. Il me faut voyager, rencontrer de nouveaux êtres, confronter de nouvelles idées, tout sauf cette immobilité à laquelle je me heurte depuis que je t'ai rencontré. Assignation à demeure. Objet Demeuré.

Est-ce que j'emprisonne la vie dans mes tableaux ? La vie je ne l'emprisonne pas, je la saisis, je la capte, je la respire puis je la laisse s'envoler, on ne met pas la vie en cage, pas plus qu'on ne me mettra en cage. La vie est plume, la vie est oiseau léger qu'on prend plaisir à entendre sur la branche, en espérant que lorsqu'on reviendra le lendemain s'asseoir sous son ombre on aura encore la chance de l'entendre chanter.

La vie est songe, la vie est fantasme, je suis aussi la plume qui flotte au gré du vent fantasque, je suis l'oiseau qui prendra son envol pour se poser sur une branche qu'il trouve plus verte, jusqu'à ce qu'il en aperçoive une autre encore plus souple, encore plus légère. L'oiseau n'aurait pas idée de s'approprier la branche, il y en a tant de par le monde, mais peut-être en chante-t-il les beautés dans les subtilités des modes qu'il offre à nos oreilles profanes, peut-être l'infinie déclinaison de ses arpèges est-elle à l'image des couleurs que je jette sur la toile.

Non pas le monde tel qu'il l'a vu, tel qu'il l'a rêvé, tel qu'il le survole du haut des frondaisons, se moquant bien qu'au sol d'autres rêvent de s'y attacher. Rêvent de l'y attacher. Personne ne m'attachera, je n'ai pas de port, je n'ai pas d'ancre, je n'ai même pas besoin d'une valise pour y fourrer gouache et pinceaux, je peux comme l'oiseau en humant l'air du temps soudain décider de m'envoler à l'autre bout du monde où je trouverai d'autres pigments, d'autres lumières qui nourriront mon chant.

Pareil à l'oiseau, je ne supporte ni les bagnes ni l'appel du confort factice du colombier. J'aime séduire, j'aime me laisser séduire, mais non me laisser apprivoiser. Je ne suis ni animal de zoo, ni animal de foire. Je ne montre que ce que j'ai choisi de montrer, et ne ferai mon lit nulle part. Ni dans le mien, ni dans celui des autres. J'aime les portes cochères, les ruelles sombres, les clairs de lune le long des quais, les congés sans espoirs, les adieux sans regrets, les hasards des rencontres, les retrouvailles improbables, le temps qui file et qui revient, les jours qui passent et ne se ressemblent pas.

J'aime aimer d'un amour dense comme la terre et volatile comme le ciel, j'aime les jeux de regards, les sous-entendus qui ouvrent une infinité d'horizons, je fuis les portes, ouvertes ou closes qui en définissant l'espace le rétrécissent, j'aime regarder et qu'on me regarde. Je déteste me sentir observé. Être discerné.

À tout trac

Longtemps j'ai fui les regards. J'ai fui ce que les autres pouvaient voir en moi, pouvaient juger en moi. Fui les projecteurs, les mises en lumière qui s'avéraient des mises sur la sellette.

Tellement plus agréable, tellement plus profond le travail quotidien dans la solitude de l'atelier, devant le chevalet et la lumière que filtrent les carreaux sales. Tellement plus fructueuse la recherche du geste parfait sans craindre de repasser dix, cinquante fois le pinceau au même endroit jusqu'à ce que le mouvement, la couleur justes aient vu le jour. Tellement subtiles les nuances de flexion du poignet, de pression du pinceau, le hasardeux mélange des pigments qui aboutit un jour à un équilibre fugace qu'on passera toute sa vie à essayer de retrouver.

Depuis aujourd'hui, il s'est mis à faire gris, j'ai regagné l'intimité du petit atelier sombre, à l'abri du soleil et des regards qui brûlent, consument, déchiquettent rêves et volonté. Regards dévorateurs d'espoir. Regards dévorateurs de liberté.

La situation que je préfère ? Flâner incognito dans la rumeur des galeries où mes toiles sont exposées, pardessus gris, chapeau gris, Être Dématérialisé glanant à tout trac commentaires, critiques et éloges sans en être affecté, et repartir sans souillure puisque rien de tout cela ne m'était adressé.

Sans peur. Sans anxiété puisque rien de cela ne m'était destiné.

Pas plus que tu n'étais mon Objet Destiné.

Petit Cherry

Il fait un froid de gueux depuis quelques jours. Comme le chauffage n'est pas encore allumé dans l'atelier, j'ai trouvé refuge au café du coin, ma deuxième adresse où je peux rêvasser en toute tranquillité. Et me réconforter avec un petit cherry.

Il s'agit d'une astuce. J'ai rendez-vous avec un Petit Cherry. Certains ont leur garçonnière, leur baisenville, pour ma part l'atelier reste un lieu sacré, privé, dans lequel personne ne mettra jamais les pieds. Je donne mes rendez-vous secrets au café.

C'est d'ailleurs là que le jeu de mots a vu le jour, un matin où je prenais paresseusement un allongé en charmante compagnie et feuilletais négligemment le journal. Ladite charmante compagnie sourit et ironise : « En fait, je suis ta cerise sur le gâteau. » Je remue nonchalamment le café dans la tasse, manœuvre inutile car je le bois noir, sans sucre, et réponds, retournant le sourire : « En fait c'est cela, tu es un Petit Cherry. »

J'adore le jeu. Particulièrement avec les mots. Et particulièrement avec les gens. J'adore jouer avec ce Petit Cherry.

Un cherry, voilà ce qui le consolerait de ces niaiseries, se prend à désirer Meunier, attaquant pour l'heure son demi.

Ce Petit Cherry est un Être Délicieux. Ne me demande pas grand-chose si ce n'est le partage de moments d'inutilité profonde, remplis de ces riens qui font la richesse de la vie. De ces riens qui n'impliquent aucune conséquence matérielle, pas de considérations pécuniaires ou domestiques, pas d'engagement sentimental ou patrimonial. L'air du temps. Attraper au vol l'instant présent. « Petit Cherry, et si nous nous faisions une toile ? » « Petit Cherry, je sors prendre un café au soleil, tu me rejoins ? » « Petit Cherry, je n'ai rien envie de faire aujourd'hui, juste de flâner dans les rues avec toi. »

Ce qui est formidable avec ce Petit Cherry, c'est qu'il est toujours partant, disponible, enthousiaste. Ne me pose pas de questions. Ne me demande pas de rendre des comptes. Délicieux Petit Cherry que je savoure au détour d'une halte dans un jardin secret, sur un quai en longeant le fleuve sale métamorphosé par un clair de lune, entre les châssis d'une exposition temporaire. Délicieux Petit Cherry qui ne laisse en bouche que douceur et suavité, pas une once d'amertume, pas le feu de l'alcool. Surtout pas la brûlure du whisky sec. Délicieux Petit Cherry qui semble se satisfaire de ma seule présence à ses côtés et ne me demande pas d'entrer plus avant dans sa vie, dont je ne connais pas les problèmes, et à qui je ne fais pas part des miens. Délicieux Petit Cherry à qui je peux confier mes utopies artistiques, mes inclinations en matière de peinture contemporaine ou mes expérimentations techniques.

Délicieux Petit Cherry à qui je peux proposer une escapade, un déjeuner à l'improviste, un après-midi de farniente, ou que je peux ne pas voir du tout des journées, des semaines durant si cela me chante.

Délicieux Petit Cherry qui sait que j'ai une vie ailleurs et qui ne me fera pas chanter.

Si j'aime jouer, je déteste les roucoulades et encore plus les chants patriotiques qu'on beugle pour mener les troupes au front. Par-dessus tout, je déteste ceux qui font métier de leur talent de maître chanteur.

À bon entendeur, salut ! s'exclame Meunier, tâchant d'oublier les vocalises du voisinage en entamant son sandwich.

Maîtres chanteurs

Wagner figure depuis longtemps dans ma discothèque. Mais il est un opéra que je ne parviens décidément pas à écouter. *Les Maîtres chanteurs de Nuremberg*.

Hier matin, j'arrive à l'atelier. Le concierge qui d'habitude se terre dans sa loge, ou ne m'adresse qu'un sommaire « B'jour » le dispensant de répondre à toute question concernant la mise en route du chauffage ou l'état de propreté des parties communes qui laisse à désirer, le concierge donc sort de son antre et me tend, ou plutôt me jette, une enveloppe, mégot au bec au travers duquel je parviens à saisir : « On a déposé ça pour vous. » Pas le temps de demander des précisions, la porte de la loge a déjà claqué.

Je gravis les cinq étages. Un atelier d'artiste se doit d'être sous les toits. Réminiscences de *La Bohème*, ne manque plus que le poêle à bois, qui, ceci dit en passant, me serait fort utile actuellement.

Légèrement perplexe, je retourne l'enveloppe entre mes doigts. Il est vrai que l'atelier me permet de bénéficier d'une boîte aux lettres secrète fort pratique pour entretenir certaines correspondances privées. Mais mon courrier personnel me parvient usuellement dans la boîte fermée à double tour par une clef dont je possède l'unique exemplaire.

Il devrait en être de même pour tout le monde, tonne Meunier.

Pourquoi cette lettre me parvient-elle aujourd'hui par l'entremise de mon moins que charmant gardien ?

Après réflexion, je conclus qu'il l'a sûrement trouvée glissée sous la porte de la loge, posant même selon toute probabilité une pantoufle sale sur l'enveloppe, qu'à bien y regarder je trouve maculée de traces grises douteuses.

Je tourne et retourne encore l'enveloppe entre mes doigts. Pas de parfum s'en dégageant. Pas d'adresse. Pas même mon nom, seulement mes initiales, encore heureux que le concierge ait été suffisamment perspicace pour s'apercevoir que j'étais la seule personne de l'immeuble au nom de laquelle elles correspondaient.

Je tourne et retourne, de plus en plus perplexe. Une enveloppe bon marché, pas de celles avec deux bandes de gomme en angle qu'on humecte soit de la langue, soit si on a un tant soit peu d'éducation avec un tampon éponge dédié à cet office. Une enveloppe banale, dont on a dénudé la bande collante en retirant une languette de papier plastifié.

Qu'est-ce qui me retient donc d'ouvrir cette enveloppe ? Est-ce la sensation du miracle ou de la catastrophe qui va probablement me tomber sur la tête ? En tout cas, de l'aspect extra-ordinaire de la situation ?

Je cherche le coupe-papier, que dans mon désordre savamment ordonné je ne trouve pas. J'aurais pourtant préféré ouvrir cette enveloppe au coupe-papier, quoi qu'elle contienne. Cela aurait donné plus de noblesse au geste.

Déchirant le rabat, j'entaille donc le papier bon marché qui ne résiste pas bien longtemps.

À l'intérieur, il n'y a qu'un feuillet, plié en quatre, que je déplie lentement.

Au moins, la lecture sera plus rapide que celle de ce volumineux envoi, maugrée Meunier.

Quatrain

Je connait quelqu'un
Qui aurais surprises
De voir ton affection soudain
Pour les alcool de cerise.

Explication de texte

« Petit Cherry, dois te parler d'urgence. Ne m'appelle pas, ne décroche pas ton téléphone, ne parle à personne. Rdv au café dans une heure. Efface ce message. »

Un vent de panique souffle sur l'atelier. Fébrilement, je cherche mon paquet de cigarettes pour essayer de me calmer. Il n'est pas sous les coussins du divan. Pas dans mes poches. Pas à côté du chevalet. Je l'ai acheté ce matin, je ne peux pas l'avoir déjà fumé. L'aurais-je par inadvertance jeté dans la poubelle ? Non, il n'y est pas. Oublié quelque part ? Je n'ai fait aucune halte avant d'arriver à l'atelier. Laissé tomber dans l'entrée quand le concierge m'a tendu l'enveloppe ? Je tâte à nouveau les poches de ma veste. Il est là. Pourquoi ne l'ai-je pas trouvé il y a cinq minutes ?

J'allume nerveusement une cigarette, regardant avec agacement l'enveloppe que j'ai posée sur le guéridon. Qu'est-ce que c'est que cette histoire ? Qui est donc l'imbécile qui se permet de venir jouer les trouble-fêtes ? De quel droit ces insinuations ? Et surtout sur quelles bases ?

J'essaye de garder mon calme. Objectivement, qu'est-ce que ce bout de papier évoque en fait ? Ma trop grande fréquentation des cafés durant les dernières semaines ? Il est vrai que l'atmosphère lourde de l'appartement avec l'Objet Déséquilibré ne m'incite pas à y traîner plus que nécessaire. De là à me taxer d'alcoolisme...

Et puis d'ailleurs, je suis nettement plus « apéritif » que « digestif ». Je ne supporte pas la trivialité des fonctions organiques. J'aime ce qui met en appétence. En appétit. Avoir envie de ce qui viendra après. Pas ruminer sur de roboratives consommations.

À tout bien regarder, cette lettre ne signifie rien. Un simple bout de papier plié en quatre et glissé dans une enveloppe. Glissé sous la porte de la loge. Glissé dans ma vie comme un cheveu sur la soupe.

Mauvaise enveloppe. Mauvais papier. Mauvaise orthographe, quatre fautes d'accord en quatre lignes. Mauvais esprit. Mauvais plaisant. Mauvais coucheur.

Qui se cache derrière ce torchon de papier qui me nargue depuis le guéridon ? Si c'est une plaisanterie, elle est de très mauvais goût.

Meunier rit jaune.

Je passe en revue les auteurs potentiels qui auraient intérêt à ce canular. Un concurrent jaloux du succès de ma dernière exposition ? Dans un monde idéal, nous serions tous solidaires, mais le milieu de l'art est loin d'être rose. Une ancienne relation éconduite ? Un admirateur dont j'aurais ignoré les sollicitations ? Je tourne en rond dans les suppositions. Évidemment, mon esprit se promène du côté de l'Objet Désabusé. Peut-être pas si désabusé que cela derrière l'expression d'indifférence affichée ces derniers temps. Se serait-il douté de quelque chose ? J'ai pourtant pris mes précautions, effacé toutes les traces, évité de changer quoi que ce soit à mes routines. Prêté un peu moins d'attention peut-être. Mais de là à éveiller des soupçons...

C'est la cinquième cigarette que j'allume. Je n'ai pas rouvert l'enveloppe. Je récite de mémoire les quatre lignes qui se sont gravées dans mon cerveau. Je revois ces quatre lignes dactylographiées, imprimées sur du mauvais papier, probablement par une mauvaise imprimante. Soudain j'éprouve une haine profonde pour ce grain de sable qui vient se nicher dans les rouages bien huilés de mon existence.

Septième cigarette. Y a-t-il quelque chose à boire dans cet atelier ? Je n'ai pas envie d'un soda. Les réserves de bière sont épuisées. Huitième cigarette. Il faut que je descende au café. Là-bas je prendrai un demi.

Avec dégoût, je fourre l'enveloppe dans la poche intérieure de ma veste. J'aurais dû mettre des gants. J'ai l'impression qu'elle est en train de me brûler le cœur au travers de la poche poitrine.

Bigre de bigre, bougre de bougre, qu'est-ce que c'était encore que cette farce ?

Angine de poitrine

Dans l'arrière-salle du café, je me dirige à tâtons dans la pénombre, n'ayant pas enlevé mes lunettes de soleil par crainte de... par crainte de quoi ? Qu'on me reconnaisse ? C'est stupide, je viens ici tous les jours. Si je voulais donner un rendez-vous secret, ce n'est certainement pas là qu'il fallait le fixer. Trop tard. Je me contente de m'installer à une des tables les moins en vue et je range mes lunettes noires.

Devant mon demi, j'attends Petit Cherry qui n'arrive pas. Petit Cherry qui a, bon, mettons cinq minutes de retard, rien d'alarmant. Cependant je m'inquiète, y aurait-il eu un problème ? Je fais nerveusement tourner le sous-bock sur la table.

Sept minutes de retard. J'ai fini mon demi. Pensant en commander un autre, je fais signe au garçon, puis au dernier moment je me ravise. Je commande un whisky. Sec. Qui me brûle la gorge. Irradie dans ma poitrine.

Huit minutes de retard. Je regarde fixement ma montre, en hypnose devant la trotteuse qui dévore le cadran. Est-ce que j'ai fini mon verre ? Plus une goutte. Une certaine torpeur succède à l'agitation de la dernière heure.

Neuf minutes presque, non, Petit Cherry arrive enfin. Problèmes de circulation. Comme je ne suis pas en terrasse à ma table habituelle, plus difficile de me trouver.

Petit Cherry a l'air inquiet. Pourquoi ces mystères dans mon dernier message ?

Je ne sais pas par où commencer. Je n'ai pas préparé ce que j'allais dire. En guise d'explication je glisse l'enveloppe sur la table. Impression d'être un môme qui présente un mot d'excuses. Plutôt un mauvais bulletin de notes.

Petit Cherry ouvre l'enveloppe. Déplie la lettre. N'a rien le temps de dire, le serveur arrive pour prendre la commande. Un café serré. Pour moi un autre whisky.

Meunier balaye du regard la terrasse, à la recherche du serveur et d'un verre de Nikka.

Le silence s'abat sur nous dans le vacarme environnant.

Puis les mots tombent. Dans le désordre. Mauvaise blague. Plaisanterie. Canular. Très drôle. Petit Cherry éclate de rire. Se tait. Les consommations arrivent. Petit Cherry fait tomber un énorme paquet de sucre dans son petit café. Fait la grimace. Repousse la tasse. D'un trait j'avale le deuxième whisky. Même brûlure dans l'œsophage. Poitrine déchirée. Tête en lambeaux.

Je ne sais pas combien de temps nous restons là sans parler. Sans nous toucher. Surtout, éviter de nous regarder. Petit Cherry semble aussi abruti que moi.

Puis on devient pragmatique. On prend les mesures d'urgence.

Après tout, ce n'est peut-être rien. Mais durant quelques jours, mieux vaudrait être prudents. Et laisser venir. On se retrouvera ailleurs. On évitera de s'envoyer des messages. Par mesure de précaution. Peut-être qu'il ne se passera rien du tout. Peut-être n'est-ce qu'une fausse alerte. Par prudence, je fixe notre prochaine rencontre quelques jours plus tard. Petit Cherry affiche une mine déconfite. Je suis aussi triste que lui. Il n'y a plus rien à dire, mieux vaut éviter de s'éterniser et couper court à ce moment pénible. Je laisse Petit Cherry partir devant.

Pas le courage de remonter à l'atelier. Pas le courage de peindre. Malgré une irrépressible envie de la balancer à la poubelle, je range cette cochonnerie empoisonnée dans ma poche. Pièce à conviction. On ne sait jamais. Pourra toujours servir. Lorsque je pousse la porte de l'appartement et me retrouve face à l'Objet Décervelé, je justifie mon air sinistre par le froid qui règne dans l'atelier et la menace d'une angine de poitrine. Et je vais directement me coucher.

Souffle au cœur

Les jours suivants, je me tiens à carreau. Je soigne docilement mon refroidissement à la maison, je me fais même un peu dorloter. Tisanes, grogs, bouillotte, j'accepte une forme d'hibernation. J'aurais presque de la reconnaissance envers l'Objet Désarmé de prendre ainsi soin de moi.

Troisième jour de convalescence, je me sens un peu mieux. Rien d'anormal, si ce n'est une paisibilité domestique qui, finalement, n'est pas si déplaisante. Je devrais être malade plus souvent. Mais je ne peux tout de même pas faire durer outre mesure la parenthèse, cela semblerait contraire à mes habitudes.

Il me faut donc me résoudre à me lever, quitter ma vieille robe de chambre et m'habiller décemment, faire trois pas hésitants dans l'appartement, me risquer jusqu'à la boulangerie en face, puis déclarer que je suis en mesure de reprendre palette et pinceaux à l'atelier.

Il y a bien quelques remarques de désapprobation, mais rien d'épouvantable, après tout il est logique que cette trêve ne puisse durer éternellement.

Je reprends le chemin de l'atelier. Passe devant la loge dont la porte est close, relève la boîte aux lettres, vide, monte les escaliers et donne un tour de clef à la serrure de l'atelier qui ne montre aucun signe de changement depuis mon dernier séjour.

Une inoffensive boîte aux lettres vide, voilà qui ferait du bien à tout le monde, de Zimmerman à lui-même.

La tempête semble derrière moi, je peux souffler.

Comme convenu, aucun signe de Petit Cherry.

C'est, dans une certaine mesure, assez rassurant. Presque reposant, il faut bien le dire. Une tranquille petite journée de routine à l'atelier, comme au bon vieux temps.

Retour à mon rituel, nettoyer les pinceaux, préparer l'enduit de la toile, essayer les mélanges de couleurs. La lumière est douce, l'atmosphère plus chaleureuse, j'ai par précaution jeté un plaid autour de mes épaules qui m'enveloppe dans un cocon douillet, et je rêvasse devant la toile en fumant.

Deux heures plus tard, j'ai vidé la moitié de mon paquet de cigarettes, et la toile est toujours aussi vierge.

Une toile vierge, où est le problème ? C'est très beau une toile vierge, l'immaculé avant la conception. Pourtant quelque chose ne tourne pas rond sur la toile carrée. Le paquet de cigarettes est presque terminé. Soudain je réalise que la lumière n'est plus la même. Traîtreusement, l'obscurité est tombée, je n'ai pas vu les heures défiler. La toile s'obstine dans sa virginité, j'allume le plafonnier pour contempler la plus parfaite figuration du vide qui m'envahit tout à coup. De guerre lasse, je m'assieds sur le divan. Silence absolu. Paix incontestable. D'angoisse, je rejette le plaid enroulé autour de mes épaules qui à présent me fait suffoquer. J'ai besoin d'air frais. Je palpite. Ouvrir la fenêtre. C'est certain, j'ai un souffle au cœur. L'hypocondrie rôde.

Syndrome de la page blanche, ça devient une manie…

Le fantôme de l'opéra

Une heure plus tard, je me réveille en sueur sur le divan. Je grelotte. La fenêtre est restée ouverte pendant que je somnolais, mes mains et mes pieds sont glacés. Des images désordonnées remontent peu à peu à la surface.

Une antique machine à écrire, du papier recyclé maculé de pattes de mouches noires, le mégot du concierge. Le visage de Petit Cherry, une enveloppe déchirée, une platine vinyle. Mes pinceaux cisaillés, une ronéotypeuse, mon paquet de cigarettes.

Deux pas en avant, trois pas en arrière, un pas sur l'côté, et recommencez.

Une vieille imprimante, un mauvais bloc de papier, les pantoufles du concierge. Odeur de tabac froid, magenta trop macabre pour être honnête, *Les Maîtres chanteurs* cornent à mes oreilles. Le sourire de Petit Cherry, le triste sourire de

Petit Cherry, un verre de whisky sec. Le phonographe beugle, les syllabes noires dansent sur le mauvais papier, le magenta bave sur la toile. Regard délavé de Petit Cherry, bouche entrouverte de l'Objet Détraqué, mégot du concierge dans mon cendrier.

Un pas en avant, deux pas en arrière, un pas sur l'côté, faites-vous fusiller.

Sourire, papier, enveloppe, bouche avide, yeux tristes, pinceaux décapités, microsillon ravageur, single malt brûlant, cendres grises.

Trois coups à la porte, un pas en avant, titube en arrière, je tombe sur le côté.

Trois coups à la porte, je saute sur mes pieds, deux tours au verrou, il n'y a personne.

Trois coups derrière moi, la fenêtre claque, le vent s'engouffre dans l'atelier, la sueur perle à mon front. Je referme la porte, ferme la fenêtre, pars à tâtons à la recherche du plaid. Impossible de rester ici, il fait trop froid, et le chauffage n'est toujours pas en service. Demain, il faudra absolument que j'aille acheter un radiateur électrique.

Je tâte les poches de mon manteau, plus de tabac. Le crissement d'un paquet de mouchoirs jetables. Quelque chose qui ressemble à du papier. Je retire ma main de la poche. C'est une enveloppe. Oui, évidemment, tu savais bien qu'il y avait une enveloppe dans ta poche. De fureur, je la jette sur le plancher. Si j'avais un poêle à bois, je me ferais un plaisir d'allumer avec une magnifique flambée. Une flambée qui me réchaufferait de la pointe des orteils jusqu'aux tréfonds de l'âme.

Mais je n'ai pas de poêle. Avec dégoût, je ramasse l'enveloppe. Étrange. Elle n'est pas déchirée. Même pas ouverte. Pourtant, ce sont bien mes initiales. Je cherche frénétiquement dans mes poches. Il n'y a rien d'autre. Rien qu'un vieux billet de cinéma et le paquet de mouchoirs. Ce n'est pas la même enveloppe. Qu'est-ce que c'est que ce cauchemar ? Ai-je rêvé le premier épisode ?

Enveloppe semblable. Mes initiales. Personne derrière la porte aux trois coups frappés tout à l'heure. Il m'a fallu donner deux tours au verrou pour l'ouvrir. D'habitude, je ferme à simple tour. Le deuxième acte vient de commencer.

Paranoïa, se gausse Meunier, sans pourtant réussir à faire fi des similitudes avec sa propre expérience de courrier intempestif.

Note de programme

Heureusement, je n'ai pas trop à attendre pour avoir plus amples détails sur le livret. Le lendemain, rendez-vous fixé pour les retrouvailles avec Petit Cherry. J'avoue que je commençais à m'impatienter. Petit Cherry m'a manqué. Et j'ai hâte d'avoir des nouvelles.

On peut dire que j'en ai pour mon argent. Petit Cherry m'attend dans un café assez glauque, dans un quartier très excentré, loin du mien, loin du sien, loin de l'atelier. Loin de nos habitudes. Loin de nos envies. Petit Cherry m'attend, et je trouve sur son visage le sourire défait que j'ai vu dans mon rêve. Petit Cherry m'attend sagement, le regard résigné devant mes dix minutes de retard. Je bredouille des excuses, j'aurais tellement mieux aimé que ce soit moi qui doive patienter. Petit Cherry a déjà commandé un café et, sans un mot, pousse sur la table une enveloppe. Exactement similaire à la mienne. Sauf que ce sont ses initiales qui y sont inscrites. P.C. L'enveloppe a déjà été décachetée.

Avec un mauvais pressentiment, je l'ouvre. Je plonge ma main à l'intérieur. Vide.

Un frisson parcourt mon échine. Je tends mon enveloppe à Petit Cherry. Tout aussi vide.

Les deux enveloppes sont alignées côte à côte sur la table, entre la tasse de café et le verre de whisky que j'ai par dépit commandé. Un whisky triste, un café triste, et deux rectangles de papier qui semblent jouer aux dominos. Brèves explications. Je raconte comment l'enveloppe est mystérieusement arrivée dans ma poche. Petit Cherry a trouvé la sienne glissée sous sa porte.

Hier soir. Tiens tiens, qu'est-ce donc que ce tour de passe-passe ? Le moins qu'on puisse dire est que l'intrigue est rondement menée. Après la toile vide, deux enveloppes remplies de rien. Manie des courants d'air. Je sens ma fluxion de poitrine reprendre, et n'ai rien pour me couvrir. Avec quel passe-montagne, parapluie, toile cirée, cuirasse va-t-il falloir nous protéger ? Des larmes sourdent aux cils de Petit Cherry. Discrètement, je lui prends la main sous la table.

Cette fois, la coïncidence est trop forte pour qu'on puisse se méprendre sur le sérieux de la situation.

Évidemment, Petit Cherry a déjà exploré toutes les possibilités. Comment suivre la bonne piste ? À défaut de faire tourner les tables, je fais tourner le sous-verre. Qui ne me donne aucune solution. Pris au piège. Nous sommes tous deux pris au piège. La toile se tisse peu à peu, mais nous ne pouvons voir l'araignée. Pourtant, je la sens grouiller d'impatience, tapie dans son coin, hilare et réjouie. Nos initiales sont de vulgaires mouches punaisées sur le papier en guise d'amuse-gueule au festin de l'araignée. Qui se régale d'avance. Se pourlèche les babines. Attend son heure, dans l'ombre.

Petit Cherry explose en sanglots, en révolte. Injuste. Le seul mot qui vient aux lèvres est :

injuste. Je ne peux y faire face. C'est le mot juste. Injuste. Qu'allons-nous faire ? Rien. Il n'y a rien à faire. Nous ne pouvons pas murer portes et fenêtres, calfeutrer les boîtes aux lettres, et rester barricadés dans nos refuges respectifs. Qu'allons-nous faire ? Rien. Même pas nous embrasser. Juste serrer mains et genoux sous la table, avec le sentiment d'être au bord d'une catastrophe aux contours mal définis. Au bord d'un gouffre au-dessus duquel la gueule béante de l'araignée se tord dans un rire immense. Au bord d'un gouffre pour l'instant rempli de vide et de sous-entendus.

Qu'allons-nous faire ? Nous ne pouvons rien faire. Pour l'instant. Attendre la prochaine frappe. Et rester prudents. Nouveau rendez-vous fixé quelques jours plus tard. Dans un endroit encore plus sinistre. Si toutefois il est possible d'en trouver un.

Cette fois, c'est moi qui pars en premier. Je n'ai plus le courage d'affronter le regard noyé de Petit Cherry. Sous la table, je serre une dernière fois ses mains, et m'enfuis, lamentablement.

Lorsque j'arrive à l'appartement, l'Objet Désolidarisé est tranquillement en train de dîner. N'a l'air ni particulièrement heureux, ni particulièrement contrarié de me voir. Échange de banalités. Merci, je n'ai pas faim. Je vais aller me coucher.

Meunier sent monter un spasme du fond de son estomac trop peu rempli. Garçon ! Rien à faire, il a disparu.

Ronéotypeuse

Le lendemain, je me réveille aux aurores. Saute sur mes pieds, me douche, file à l'atelier. Il faut que j'en aie le cœur net. Franchir la porte cochère, et, avec beaucoup de répugnance, mais nécessité oblige, frapper à la porte de la loge. Pas de réponse. J'insiste. Un pas lourd et traînant finit par se faire entendre de l'autre côté. Le verrou racle, la porte chuinte sur le paillasson, mégot au bec, le concierge apparaît dans son habit de lumière. Qu'est-ce que je veux ? Je veux...

Je veux la vérité, je veux retrouver ma sérénité, clore ce chapitre stupide.

Ce que je veux ? Savoir quand le syndic va rétablir le chauffage. « Comment voulez-vous qu'j'le sache ? » J'insiste. Il fait un froid du diable. Insidieusement, je pousse la porte de la loge et mets un pied sur le paillasson. Avec conviction, j'expose mon cas désespéré. Il fait tellement froid au cinquième que mon haleine fait de la buée, mes doigts sont gelés et je ne peux plus raisonnablement tenir mes pinceaux. Je grossis le trait, et pose un deuxième pied sur le paillasson. Le concierge grimace, agacé je suppose. Tant pis. Je poursuis plus avant, peins un tableau apocalyptique, l'arrivée du Samu appelé en urgence lorsqu'on aura découvert au bout de trois jours mon maigre corps recroquevillé sur le divan, déchiré par la toux spasmodique d'une pneumonie galopante. Haussement d'épaules. « Vous les artisses, vous exagérez toujours, y a qu'vous qui comptez. Vous pensez pas qu'tout l'monde est logé à la même enseigne dans c't'immeuble ? » C'est tout juste s'il ne me traite pas de chochotte sous ses accusations d'égoïsme à peine voilées.

Voilà un spécimen que nous n'avons pas la chance de posséder dans l'immeuble : le concierge.

J'ai à présent réussi à entrer complètement dans la loge. Je chante mon dernier couplet sur le mode plaintif. « Vous n'auriez pas par hasard un radiateur électrique à me prêter, le temps que le syndic se décide enfin à faire allumer le chauffage ? » Le concierge marmonne. Le syndic, le syndic c'est bien joli mais il y a des dates réglementaires pour la mise en service des radiateurs, et puis si tout le monde se met à faire comme moi, il n'est pas sorti de l'auberge. Bon, peut-être qu'il a quelque chose pour me dépanner. Il faut que j'attende là.

Manifestement, sa patience a été suffisamment poussée à bout pour qu'il cherche à se débarrasser de moi aussi vite que possible. Victoire.

« Bougez pas », et il part farfouiller au fond de la pièce. Je n'avais jamais mis les pieds dans la loge. À vrai dire, je ne sais pas si quelqu'un y a mis un jour le quart d'un orteil. Devant moi, un monceau d'objets disparates s'empilent, se chevauchent dans un équilibre incompréhensible et sans logique manifeste. Pendant que le gardien déplace des sacs, des caisses et des montagnes, j'essaye de balayer le plus rapidement possible ce magma épouvantable. Cela tient plus de la planque de receleur que de la brocante ou du salon d'antiquaire. À la rigueur, une sorte de dépôt-vente d'un goût des plus douteux. D'antiques appareils électroménagers. Des prises électriques, des rallonges. Des cartons éventrés. Un ventilateur à pales d'inspiration coloniale. Des tuyaux, des robinets. Une boîte à outils. Un cric, une batterie avec des câbles à pinces. Un vélo d'appartement. Une brouette, un sécateur. Trois téléphones à cadran, un noir, un gris, un blanc. Des chargeurs d'ordinateur, de téléphone mobile. Un presse-purée. Quelque chose qui ressemble à un landau de bébé.

Comment peut-on vivre dans ce capharnaüm ?

Sans quitter ma place, je scrute, commençant à perdre espoir de tomber sur quelque piste que ce soit. Une plante en pot desséchée. Un cactus famélique. Si je découvrais un écorché en provenance d'une faculté de médecine, je n'en aurais aucun étonnement. Tout d'un coup, quelque chose clignote dans un coin. Discrètement, je m'avance. Une imprimante, sous une bonne couche de poussière, mais le voyant est allumé. Et pas très loin, quelque chose que je n'ai pas vu depuis mes années d'école primaire. Une ronéotypeuse, rangée en ligne avec une Remington Rand KMC.

Je remonte au cinquième avec un radiateur qui sitôt branché diffuse une odeur de poussière brûlée, et un peu d'espoir en guise de combustible.

Pièce à combustion

C'est bien beau tout cela, mais il me manque un élément essentiel pour faire avancer mes investigations. La pièce à conviction. Le torchon a brûlé, disparu dans un tour de prestidigitation lors de l'apparition de la seconde enveloppe. J'en viens à regretter de ne pas avoir déposé cette lettre dans un coffre, ou fait enregistrer la preuve au commissariat. D'ailleurs, ne faudrait-il pas que j'aille porter plainte auprès des autorités compétentes ? À réfléchir.

Donc, je tente de réfléchir, de rassembler mes souvenirs. À quoi ressemblaient la casse, la police des caractères de ce brûlot stupide ? Incroyable. Autant je peux sans problème réciter par cœur le quatrain bancal, autant je ne me rappelle plus du tout l'aspect de la typographie. Pour un peintre, c'est un comble.

Tu n'avais qu'à prendre une photo, voilà ce que j'aurais fait, se rengorge Meunier.

En étant un tant soit peu rationnel, on peut éliminer la piste de la ronéotypeuse. Trop datée. J'aurais tout de même remarqué l'encre violette bavant sur le papier. Laissons tomber la mauvéine, et puis d'ailleurs où pourrait-on encore trouver du papier carbone de nos jours.

Par contre, la Remington... Comment savoir si le torchon imprimé provenait des râles d'une imprimante tout ce qu'il y a de plus banale, ou du coup de sonnette poussé au retour de chariot par une machine à écrire tout ce qu'il y a de plus mécanique ?

La seule certitude, c'est qu'il n'y avait aucune trace manuscrite. Seulement un imprimé. Un torchon imprimé. Ni à carreaux, ni à rayures. Ni pois ni bayadère, de vichy encore moins. Un torchon imprimé d'un motif avec lequel on pourrait lancer une nouvelle mode : le quatrain de délation. Imaginez les gens se promenant dans la rue avec un tee-shirt dénonçant leur prochain.

Ce qui me gonfle
À présent c'est certain
Quelqu'un la nuit ronfle
Et c'est mon voisin.

Ou encore :

La poubelle connais pas,
Ne l'as jamais descendue,
J'en ai marre chaque matin
De virer tes détritus.

Règlement de compte par imprimés interposés. Remarquez, cela pourrait être drôle, imprimés de printemps, collection automne-hiver, au fil des saisons on n'aurait pas le temps de s'ennuyer. D'ailleurs ça pourrait être un bon sujet pour ma prochaine exposition...

Je divague complètement. Je suis en train de verser dans la crétinisation la plus profonde. J'ai l'impression d'être victime d'une surtension au cerveau.

Revenons-en aux faits, aux éléments concrets de l'enquête.

Nous avons à ma gauche un bout de papier contenant un nombre conséquent de fautes d'orthographe, et à ma droite une imprimante poussiéreuse ainsi qu'une machine à écrire à faire pâlir d'envie les collectionneurs du monde entier.

Votre Honneur, que conclure ? Votre Honneur, ma plaidoirie portera non sur les chefs d'accusation qu'on pourrait imputer à l'un ou l'autre des présumés coupables, mais plutôt sur le préjudice causé à l'innocente victime persécutée par la morale d'une société bien-pensante qui, de façon plus qu'acharnée, se mêle de ce qui ne la regarde pas.

Mais qu'est-ce que je raconte ? Je déraille complètement. À vouloir jouer les Sherlock Holmes, voilà que je me prends pour un bâtonnier du barreau. Peut-être vaudrait-il mieux que je fasse appel à un professionnel. Un détective privé. Un vrai, qui saurait vérifier si le matériel du concierge est à l'origine de cette histoire rocambolesque. Et puis d'ailleurs, pourquoi le concierge ? Il y a des dizaines d'habitants dans cet immeuble. Des dizaines de personnes qui chaque jour s'arrêtent au café que je fréquente, empruntent les mêmes rues que moi, vont au cinéma ou au théâtre, observent la vie autour d'eux.

Fausse piste. Je suis sur une fausse piste.

Ici aussi il y a des dizaines d'habitants, Meunier aimerait bien savoir qui est à l'origine de cette farce douteuse…

Piste glissante

J'en viendrais presque à oublier que j'ai une vie. Une vie en dehors de cette course-poursuite. C'est bien la première fois que j'en arrive à regretter qu'on me coure après. Mettons les choses à plat. Je suis peintre, j'ai une pleine et intense activité dans mon métier, des expositions régulières, des articles dans les journaux et une reconnaissance de la profession, laquelle m'invite régulièrement à m'exprimer sur mon travail lors de séminaires, symposiums et conférences divers.

Tu n'es pas le seul mon coco, il se trouve que moi aussi ! se gargarise le photographe.

Horreur. J'ai failli oublier que je dois donner demain une conférence aux Beaux-Arts devant des dizaines d'étudiants et une audience choisie. Choisie, rien n'est moins sûr, la conférence, bien que donnée dans un cadre académique, est ouverte au public ; cependant j'imagine que personne ne viendra assister à un exposé sur la peinture contemporaine uniquement parce qu'il aura vu de la lumière dans le grand amphithéâtre.

Des conférences, j'en ai donné des dizaines, mais il s'agirait tout de même de m'y préparer un minimum. Mieux vaudrait pour l'instant mettre de côté mes divagations sur les techniques d'impression et la génération spontanée du courrier pour faire un plan rapide de mon allocution. Qui n'a pas besoin d'être exhaustive ; la majeure partie de la séance étant consacrée aux questions posées par les étudiants, cela ne me demandera pas une préparation démesurée, j'improviserai le moment venu.

Le moment venu, je me trouve sur l'estrade, tenue soignée sans être ostentatoire, l'air presque décontracté, m'apprêtant à affronter la somme des questions faussement naïves, sinon clairement provocatrices, que les apprentis artistes ne manqueront pas de me poser. Et puis allez, il y aura bien dans l'audience une gentille retraitée pour me confier qu'elle admire inconditionnellement mon œuvre et souhaiterait avoir mes conseils pour tenter de les suivre durant les cours de dessin hebdomadaires dispensés par son association de quartier.

J'ai l'habitude, je me tire généralement de tous les guêpiers par une pirouette qui déclenche les rires et ne manque pas de mettre l'auditoire de mon côté, laissant le visage du questionneur s'empourprer sous les regards narquois du public. Sur l'estrade, je rayonne, je coquette un peu, sans aller jusqu'à la fanfaronnade. Voilà quelque chose qui fait du bien. Une situation normale, devant des gens normaux, qui auront des réactions normales. Merveilleux. Enfin je respire.

La conférence se déroule bien, fabuleusement bien, j'ai évité les chausse-trappes, séduit l'auditoire en cabotinant légèrement, les contradicteurs ont été remis à leur place avec doigté et néanmoins fermeté, la plupart des étudiants rêvent d'accéder un jour au quart de mon génie, je me sens rosir de plaisir et pourrais rester des heures en piste avec la satisfaction d'avoir enfin réintégré mon élément. Les aiguilles de la pendule ont tourné sans que personne s'en aperçoive, et le directeur des Beaux-Arts, avec une pointe de gêne, est obligé de signaler que la rencontre touche à sa fin, après m'avoir chaleureusement présenté remerciements et congratulations.

Évidemment, on ne peut en rester là. Lorsque j'apparais dans le couloir, après avoir reçu des membres de la direction les compliments d'usage, une grappe d'étudiants m'attend de pied ferme pour me demander qui un avis, qui une dédicace, ou une hypothétique leçon particulière. Comme de coutume, on me remet des carnets de croquis, des esquisses, sur lesquels on espère que je jetterai un œil, et puis cette fois même un bouquet de fleurs. Me voici enfin à ma vraie place. Je franchis la porte des Beaux-Arts les bras chargés de cartons à dessin et d'un magnifique bouquet de colchiques.

Sur le chemin du retour, je fredonne même « Colchiques dans les prés, fleurissent, fleurissent... » et, sitôt dans l'appartement, me mets à la recherche d'un vase. L'Objet Décontextualisé m'aide à arranger les fleurs, avec l'air d'être heureux pour moi.

« Regarde, il y avait une carte dans le bouquet. »

Tuile, je ne l'avais pas remarquée. Pourvu qu'elle ne contienne rien de compromettant.

« Aujourd'hui
Tu t'en ai
Bien tirer
Cher amie. »

La tuile.

La tuile, c'est d'être obligé de poursuivre cette lecture, bâille Meunier.

Tuiler

Au point où j'en suis, plus besoin de me cacher. J'envoie un message à Petit Cherry pour lui demander de me retrouver le lendemain au café habituel. Advienne que pourra. Il va bien falloir réussir à tuiler ce tissu de mensonges, d'incongruités, de paranormalité avec ma vie, ma vraie vie, celle dans laquelle je respire, marche, dors, peins, aime, presque comme tout le monde. Je ne peux pas continuer à comater dans un univers parallèle.

Pas de réponse de Petit Cherry. Ceci dit, je lui avais expressément demandé de ne plus m'envoyer de messages. Petit Cherry est un être délicieusement obéissant. Même si cela doit en ce moment lui coûter beaucoup.

Encore une mauvaise nuit. Encore de mauvais rêves. Je suis sur une estrade, et on me jette à la figure une brassée d'enveloppes, de cartes, et des colchiques qui s'avèrent, je viens de m'en souvenir, être des plantes vénéneuses. *Colchica*, directement expédiées depuis son île par une Médée furieuse.

À nouveau, je me réveille en sueur, c'est certainement l'œuvre du poison, je ne vais pas tarder à suer rouge, tel Charles IX répandant sur son lit de mort le sang contaminé par un livre de vénerie. Assez. J'ai trop lu Alexandre Dumas dans ma jeunesse. Il n'y a pas de sorcière, pas de poison, pas de reine mère, de complots flottant dans les couloirs et les bibliothèques pour miner ma vie et ma carrière. Il n'y a que moi. Simplement moi. Mes délires et mes fantasmes.

Pourtant je ne peux pas avoir seulement rêvé les dernières semaines. Je ferais mieux de peindre tout cela pour l'exorciser, et du moins en tirer un bénéfice artistique.

Peindre, j'en suis bien incapable. Voici des semaines que je n'ai pas tenu un pinceau. Les mygales m'ont dévoré la tête et migreront bientôt jusqu'au cœur de mes entrailles. Insidieusement, leur venin est venu me nourrir, à présent elles se repaissent de moi avec une cruauté joyeuse. Une douche froide. Il n'y a que cela à faire, me mettre sous un bon jet d'eau froide en guise d'antidote.

Douche. Habillage. Sortir dans le matin glacial et marcher jusqu'au café, en espérant que cette cryothérapie me remettra les idées en place. J'arrive au lieu dit en grelottant. Sérieusement, je ne peux pas commander un whisky à huit heures du matin. Un grog. Un bon grog, voilà ce qu'il me faudrait. Je m'en tiens raisonnablement au café, dans lequel je noie deux bûchettes de sucre. Ce n'est même pas doux, c'est imbuvable. Totalement imbuvable. Et quand Petit Cherry arrivera, il sera déjà froid. Petit Cherry qui arrive enfin. Au bout de deux heures. Oui, je sais, c'est moi qui étais terriblement en avance. Qu'ai-je fait de ces deux heures ? Je n'en sais rien. Commandé un nombre que je préfère ignorer de cafés. Fumé un nombre qu'il vaut mieux ne pas connaître de cigarettes.

Meunier se félicite de ne pas avoir ce vice : la cigarette. Toutefois, après le demi, un whisky japonais le tente toujours, dans l'instant il cherche du regard le serveur, qui a évidemment disparu.

Petit Cherry arrive, et je ne suis même plus en mesure de déceler l'expression de son visage. Est-il triste, furieux, résigné, je n'en sais plus rien. Mes doigts font trembler la tasse lorsque je la repose sur la soucoupe pendant que je raconte à Petit Cherry l'épisode de la veille.

Petit Cherry a aussi eu le droit à un rebondissement. Hier soir, une voix sur son répondeur. Une voix trop grave pour être celle d'une femme, trop haute pour appartenir à un homme, une voix surnaturelle, et un seul mot, répété plusieurs fois.

« Méfiance. »

Meunier sursaute : une voix ni homme ni femme ?

Nous sommes assis en terrasse. Il fait froid mais j'avais intensément besoin de fumer. Nous nous serrons sous un des champignons à gaz qui irradient une chaleur chiche entre les trois parois vitrées. Petit Cherry tremble. De froid. De peine. De peur. Petit Cherry serre ses doigts autour de la tasse de café qui n'est même plus tiède. Petit Cherry ne pleure pas, ne parle plus, se contente de claquer des dents et d'étreindre sa tasse comme une bouée de sauvetage.

J'allume cigarette sur cigarette, m'embrumant le cerveau et les poumons, plus rien n'a d'importance. Je dois avoir les neurones réduits à néant.

Au travers de ma tabagie, je vois émerger, sur le trottoir d'en face, la silhouette de l'Objet Décentralisé. C'est impossible. C'est un mirage. Je bondis sur mon téléphone. « Où es-tu ? » À la maison. L'Objet Déconcentré prétend être à la maison.

Soit il a le don d'ubiquité, soit je sombre dans la démence, soit le mensonge gangrène la réalité.

Objet Détesté.

Ce galimatias vire à la rencontre du troisième type… Meunier, mi-furieux, mi-intrigué, a retourné le dernier feuillet.

37

On s'acharnait décidément à troubler sa petite routine, que disait-il, la paix nécessaire à son acte créateur. Il n'y avait pas que dans les pages du manuscrit, non, du tapuscrit puisque quelqu'un avait pris la peine de dactylographier ce tissu d'invraisemblances, que les farces, mystères et coups de théâtre advenaient. Sa propre boîte aux lettres n'avait rien à envier à celle du... roman ? nouvelle ? tentative de littérature épistolaire ? Qu'est-ce que c'étaient que ces liasses de papier qui apparaissaient subitement dans sa boîte aux lettres sans que, cette fois encore, l'expéditeur se fasse connaître ? Pour un peu, il aurait grimpé quatre à quatre ses cinq étages (l'ascenseur, toujours l'ascenseur) pour vérifier si le premier envoi n'avait pas disparu de chez lui. Et puis quoi encore. Il n'allait pas lui aussi verser dans l'irrationalité. Le premier envoi devait être là où il l'avait non pas rangé, cela ne le méritait pas, mais abandonné, c'est-à-dire au milieu d'une pile de bouquins sur le guéridon de la salle de séjour. Il n'aurait tout de même pas perdu davantage de temps à le relire. Mais il devait pourtant avouer qu'il avait perdu du temps à lire le second. Envoi. Meunier se sent au bord de l'asphyxie. Ce n'est pas que la fumée le dérange tellement, il est assis en terrasse, mais il émane de ce charabia tellement de cigarettes, de cafés et d'alcool qu'il se croirait devenu fumeur passif, imbibé du whisky qui suinte de chaque page, à le dégoûter même de commander son habituel demi ou le Nikka convoité, à lui couper même l'envie de boire son allongé (café) quotidien, à le laisser abasourdi, au bord du coma éthylique et de l'overdose de caféine. Depuis la lecture de Malcolm Lowry il n'avait jamais connu cela. Mais *Au-dessous du volcan*, c'était d'une autre trempe, ça vous avait de la tenue, ça vous avait de la gueule, excusez-le, le mezcal ce n'est pas ces simagrées autour du cherry et des petites aventures clandestines. Et puis cette manie des noms ridicules. Décollé, Demeuré, Discerné, Déséquilibré, Décervelé, qu'est-ce que c'est que ce jeu avec une lettre du dictionnaire, même un gamin de sept ans ferait mieux que ça dans un sujet de rédaction scolaire. Il y a quelque chose qui ne tourne pas rond dans cette rédaction. La syntaxe ? La grammaire ? Le vocabulaire ? Quelque chose sonne faux, tenez, pour continuer la série, déplacé, décontextualisé, dépersonnalisé. Meunier s'irrite de se laisser à ce point atteindre par un ramassis de mots auxquels il aurait dû tout au plus jeter un œil distrait, voire indulgent. Car il ne peut nier qu'il est agacé, dérangé par cette génération spontanée de littérature dans sa boîte aux lettres. Il n'a rien demandé. Ne s'est jamais inscrit à une quelconque bibliothèque tournante, ni abonné à France Loisirs ou à la sélection du Reader Digest. N'est pas non plus un expert en poésie, mais ces mauvais quatrains, tout de même, ça ne mérite même pas la corbeille à papier.

Et puis, pour ne rien arranger, ce personnage, le peintre, enfin, soi-disant peintre, car on ne le voit jamais tenir un pinceau au fil de ces pages, quel pitre, quel bouffon. Est-ce ainsi qu'on représente les artistes ? Les vrais ? Meunier se sent personnellement attaqué, vexé, si quelqu'un s'avise d'écrire sur la condition d'artiste, qu'il se renseigne un peu au lieu de cumuler les clichés et les invraisemblances. Un pantin, un goujat imbu de lui-même, mais le statut d'artiste n'a rien à voir avec cela, sachez-le bien, le statut d'artiste se gagne à la sueur du front, aux heures passées à remettre cent fois l'ouvrage sur le métier, oui, il le sait bien, ce n'est pas de lui, mais c'est vrai bon sang, rien à voir avec la bouffonnerie de ce pseudo artiste qui se gargarise de son état, au bord de l'abîme de qui se sent exister uniquement dans le regard des autres, plein de morgue, négligeant ce qu'il ne se sait pas sur le point de perdre, hanté par la perte de lui-même dans l'illusion de son importance et de son bon plaisir de peindre. Mais bon Dieu de bois, l'art ne justifie pas cette désinvolture ! Autant le narrateur du premier envoi était pitoyable, autant celui-ci est un fat paranoïaque.

Pourtant…

Pourtant Meunier a lu jusqu'au bout, et, malgré cette tirade, il doit bien l'avouer, se prend au jeu, enfin un peu de suspense dans ce scénario : quel est donc ce mystère qui s'installe dans sa boîte aux lettres ?

38

Lentement. Écrire lentement, le plus lentement possible. D'ailleurs, rien ne presse. Une page, un paragraphe par jour, Zimmerman savoure. À quoi bon se précipiter. De toute façon, sa subsistance n'est pas suspendue à la pointe de sa plume. Mieux vaut ne pas l'ébruiter, cela vous classe tout de suite quelqu'un, Zimmerman vit de ses rentes, et n'a nul besoin de livrer en toute urgence un article, une publication quelconque qui subviendrait à son quotidien. Vous ne direz rien, n'est-ce pas lecteur ? Même si le voisinage, et peut-être Meunier plus que les autres, se demande de quoi peut bien vivre Zimmerman, car il faut reconnaître que l'amour et l'eau fraîche n'ont jamais suffi à nourrir personne, et puis de l'eau, certes, on l'en a déjà vu boire, avec son café, mais d'amour il n'a jusqu'ici jamais été question, Zimmerman semble mettre un point d'honneur à ne rien laisser filtrer de sa vie privée. Éloge de la lenteur alors. Élever au rang d'art la façon d'étirer les journées, de remplir secondes et minutes sans précipitation, de jouir de chaque instant sans hâte, toujours dans le désir de ce qui viendra, sans jamais parvenir au point de satiété qui frise le dégoût, avoir envie d'avoir envie.

Tiens, cela ne vous rappelle-t-il pas quelque chose ou quelqu'un, lecteur ?

Et puis, il est tellement agréable de passer les derniers instants en tête à tête avec une page, qu'on l'écrive ou qu'on la lise, sachant pertinemment que ce sont les derniers, mais sans anticiper la fin, la laissant venir à soi, doucement, votre heure sera la mienne. Le papier a sa vie propre qu'il faut savoir respecter.

Pourtant…

Pourtant certaines questions taraudent Zimmerman, vieilles lunes sans cesse ressassées.

Pourquoi dans mon récit ne parviens-je pas à atteindre l'important, le sensible, le vrai ? Pourquoi est-ce qu'à mon âge je continue à m'écrire mes propres contes ? Pour me rassurer ? M'endormir ? Si je me mettais à réellement raconter mon autre vie ? Celle d'après 18 heures ? Celle qui commence après approximativement sept heures passées dans un lit, en sommeil ou non, dix heures de vie quotidienne respectable, avouable, studieuse ou laborieuse, dans les petits gestes de la vie de tous les jours ou dans l'étude, l'art, la transmission, cette deuxième vie qui s'étale sur les sept heures restantes de la journée, une fois le carnet, le stylo et le verre posés sur la table et qui se poursuit loin dans la nuit, qu'arriverait-il si je me mettais à la raconter ? Si, plaçant entre parenthèses les dix heures respectables que comptent en moyenne mes journées et les sept heures de récupération plus ou moins bénéfiques ou agitées, je mettais bout à bout ces sept heures d'errances, de fantasmes, d'imaginaire, d'actes sans mesure ? Si je mettais bout à bout les haltes sur un coin de trottoir, les bancs publics, les sièges de bistrots, ma propre méridienne, les courses effrénées noyées dans les sanglots, les harangues, les insultes, le mépris muré dans le silence, les amitiés perdues, les amours blessées, les inquiétudes et les angoisses ? Si j'osais remonter jusqu'à l'origine de ces nuits sans jours, de ces jours sans lumière ? Si j'osais ouvrir les portes étanches entre les différentes heures de mon navire, entre les différentes strates de ma vie ? Qu'adviendrait-il de moi ? Quelle est cette peine que je purge ? Avoir le bonheur triste ?

Vous êtes surpris, lecteur ? On vous avait pourtant prévenu, souvenez-vous, quelques chapitres auparavant, que Zimmerman n'était peut-être pas jusqu'alors le personnage le plus sincère de cette histoire…

39

Et si nous nous prenions aussi au jeu : par exemple, celui du dictionnaire ? Ouvrons, au hasard… lettre B.

Après ses barytonaisons barbouillées, notre barbu aurait pu être enclin à avoir recours aux barbituriques pour oublier les barbantes journées qui l'avaient fait barjoter. Mais il barguignait à avoir recours à ce genre d'expédients barbares, leur préférant de loin l'attrait des Barolo, Bardolino et Barbaresco qui, au zinc du Barretta, n'allaient pas, eux, le barboter. Bien au contraire, ce serait un baroud d'honneur pour lui, le barisien baryton. Lui qui avait bravé les barnabites se sentait ce soir assez bravache pour bramer tout son répertoire devant les brâhmanes, et même baratiner l'assemblée d'une bar-mitsva entière. Il n'allait tout de même pas se barricader chez lui pour barboter dans un bain de barbotine comme un vulgaire beurre de baratte, autant l'exil aux Barbades, non, il allait dorénavant mener sa barge sans brader son talent, et laisser barjaquer les barbons barrémiens, mettre son barème à la hauteur des Brahms, Bartók et autres Bartholdy, Mendelssohn de son vrai nom, foin des barcarolles et autres scies baroquisantes, il deviendrait le barycentre des bravissimi, brasillant sans égal dans le ciel des barons, que disons-nous, des princes et des empereurs dont il serait à présent le barde, le baromètre fièrement brandi, damant le pion aux barbe-de-boucs, barbe-de-capucins, barbe-de-chèvres et surtout barbe-de-moines.

Cependant, peut-être n'avait-il pas suffisamment barbitonné ses barytonesques barbitures…

Barbitonalement, les barbitonalités discordaient comme des brandons, il allait falloir le jouer au bras de fer, prendre le problème à bras-le-corps, et peut-être s'aider d'un brandy pour mettre à braiser quelques branchettes au-dessus du brasero et raviver un brain-drain qui n'avait jusqu'alors conduit qu'à des braillements plutôt branlants derrière le bar. Un peu de barouf, que diable, ou nous finirons chez Barnum sur un brancard. Barrissons de concert avec le barbichu, allez, barine, sortez-nous un de vos couplets, vous avez bien une petite rengaine de Barbara braconnée à Brazzaville, Barcelone, Bragança ou Göttingen, épargnez-nous vos braiements de bragard, et cessez de regarder votre bracelet-montre, ou nous vous barderons de lard pour vous plonger dans un potage à la Du Barry. Rien ? Et nous qui vous prenions pour un ténor du barreau... Un peu de bravoure que diable, détachez les brandebourgs de votre brassière, défaites vos braies, non, n'allez tout de même pas jusqu'à votre brayette, on pourrait vous taxer de branleur, enfilez votre brassard et branle-bas de combat, ou l'on vous prendra pour un branquignol en bragou-bras et on vous tombera dessus à bras raccourcis, on vous infligera une bonne branlée, on vous fera sauter le barillet monsieur le barbier, on vous rendra barjo à force d'adagio de Barber auquel Barjavel lui-même ne pourrait rien, cher baroco baroudeur, sincèrement, que faisiez-vous à baragouiner sur les barricades une nuit de Saint-Barthélémy ?

Sincèrement, lecteur, sommes-nous sûrs d'avoir fait mieux dans notre rédaction qu'un écolier de sept ans ?

40

Devant les clichés savamment disposés dans la pièce, le petit homme sec hésitait. Tergiversait, minaudait. « Oui, celui-ci est intéressant, celui-là toutefois peut-être... » Meunier s'impatientait. Il en avait assez qu'on trouve son travail « intéressant », qu'on y joigne des « toutefois » et des « peut-être » qui sonnaient comme une condition à la reconnaissance de son talent.

L'art du photographe a ceci de particulier que l'auteur n'est pas confronté à un public, à une scène, une salle, une audience concrète et palpable.

Non, le photographe est seul dans une arène vide où le toréro a pour nom acheteur. Deux heures environ pour parer aux estocades des moues dubitatives, des indécisions, des caresses assassines ou des commentaires mielleux qui n'ont pour objet que de faire baisser les prix. Deux heures en moyenne pour donner à l'intrus invité à pénétrer dans son antre l'illusion qu'il est ici chez lui, que la visite comme les négociations se traiteront entre amis alors que d'amitié il n'est nullement question, mais plutôt de tractations mercantiles qui accroîtront éventuellement le portefeuille de l'acheteur et, il l'espère, le compte en banque ainsi que la réputation de l'ours. Ne manquent que les tréteaux de foire et il se mettrait à danser. Non. N'exagérons pas. Meunier a trop haute estime de lui-même et de ses talents pour s'abaisser à de telles pratiques. Il se contente de ronger son frein en regardant avec un calme feint le vieillard maigrichon aux poches pleines se déplacer d'un tirage à l'autre, revenir sur ses pas, tourner et retourner, puis s'asseoir sur un fauteuil, fermant les yeux d'un air pénétré pour les rouvrir en poussant un soupir :

– Non, vraiment, tout cela est très intéressant mais, je ne sais pas… il y a quelque chose qui me retient… le sujet peut-être…

Le sujet, heureusement, Meunier l'a soigneusement mis à l'abri. La vierge fondue a hérité d'un nouveau voile, humble robe de bure qui la met hors de portée des indiscrétions marchandes qui se trament au-dessus de sa tête. Il ne manquerait plus qu'on avilisse son modèle. Un peu de respect tout de même, il ne s'agit pas d'une quelconque actrice posant aux Beaux-Arts devant une assemblée d'étudiants.

– Oui, je ne saurais dire… il y a quelque chose qui me chiffonne dans votre sujet… le visage est tout chiffonné… on n'en distingue même plus les traits, je ne sais pas si le public appréciera.

Que le public soit ou non en mesure d'apprécier est bien le cadet des soucis de Meunier. Sa vierge à combustion, il l'a conçue ainsi et il n'y a rien à ajouter. Il ne manquerait plus qu'on veuille la voir sourire d'un air contrit sous les coulées de cire giratoires qui l'encerclent. Ou qu'on lui réclame un costume plus seyant.

– D'ailleurs, je ne sais pas si vous connaissez cette œuvre sublime, magnifique de raffinement dans les plissés du drapé, l'exceptionnelle vierge voilée de Giovanni Strazza ? Là, on frôle la caresse du grand art, sous la transparence du voile admirablement rendue, malgré la dureté du marbre.

La caresse du grand art. Il a l'impression de rêver à l'écoute de tant de suffisance. Comme s'il ne connaissait pas le sujet. Comme s'il n'avait jamais visité une galerie de sculpture italienne du XVIIe siècle, non, franchement, c'était bien peu s'y connaître qu'imaginer Strazza comme le premier d'une lignée alors qu'il n'avait fait que perpétuer la tradition de ses aînés. Et puis, si lui, Meunier, avait vraiment voulu lui voiler la face, à sa vierge, il s'y serait pris autrement.

D'ailleurs, il a gagné, le vieillard de maigre sensibilité, Meunier n'a plus rien envie de lui vendre du tout. Il n'a aucun désir de brader son art pour un pédant dégarni du crâne mais bien garni du portefeuille qui n'a manifestement comme objectif que de lui faire baisser son prix. Brader sa vierge, et puis quoi encore. Il n'y a guère que l'épouvantable baryton pour s'adonner à de telles pratiques et simuler des accès de piété afin d'obtenir un poste convoité. Meunier a bien plus de fierté, et bien plus de bouteille aussi, on n'apprend pas au vieux singe à faire la grimace, même s'il s'agit d'un ours. Il attend donc avec une patience qui le surprend lui-même que le petit homme cesse de faire l'étalage d'une culture lacunaire et de manœuvres stratégiques peu subtiles. Il se retient avec une maîtrise miraculeuse de lui faire prendre la poudre d'escampette en le vidant manu militari des lieux. Allez, ouste, faites place nette, on s'adressera à meilleur coucheur que vous, ou on ne s'adressera à personne, Meunier sent monter une furieuse envie de garder sa protégée pour lui, comme s'il fallait l'abriter des vilénies du monde. Une saine retraite dans son monastère d'ours, et qu'on ne vienne plus lui parler des faveurs potentielles d'un public orienté par de vulgaires banquiers.

– Écoutez, je ne peux rien vous dire aujourd'hui, il faut que je réfléchisse... et peut-être pourriez-vous de votre côté réviser vos propositions ?

Mais réfléchissez, réfléchissez donc cher monsieur, et surtout ne remettez plus les pieds ici. Retrouvez le confortable siège de votre quatre-quatre ou de votre limousine, et fichez-nous la paix. N'oubliez pas surtout d'encadrer le chèque que vous avez économisé en ne me le donnant pas, excellent placement à taux incomparable, investissement parfait dont le néant correspond totalement au vide de votre esprit.

–Je vous laisse, cher ami. L'heure tourne, il faut encore que je retrouve ma voiture dans le parking où je l'ai garée, avant d'être parvenu au bout de mon forfait. De nos jours, le stationnement est devenu si cher, et puis honnêtement, dans votre quartier les rues ne sont pas bien sûres. J'espère d'ailleurs que je n'ai pas perdu le ticket sur lequel j'ai noté le numéro de ma place… À bientôt cher ami, restons en contact.

Meunier fait claquer la porte derrière le non-acheteur avec autant de retenue qu'il le peut, en soufflant un bon coup.

Parkingzheimer. Il aurait dû s'en douter.

41

Photos. D'objets, de voitures, d'enfants. Photos de photos, photos se photographiant dans le miroir. Photos de petits commerces, de cafés, de gares, de machines, d'outils, d'instruments, de vitrines, de vêtements. Photos de reflets. Peu d'autoportraits. Sépia, pour gommer les couleurs et le temps. Photos floues. Paysages, thermes romains. Portraits abrutis, stupéfaits, les yeux dans le vague. Portraits anesthésiés, cadrages de travers.

Que révèlent-ils du vide intérieur ?

Zimmerman tient sur ses genoux un gros album dont les pages tournent lentement, très lentement, une habitude vous le savez.

S'il était possible de rembobiner la pellicule, remonter le cours du temps et faire dévier le passé… Est-ce ce que Zimmerman souhaite vraiment ?

Cheveux coupés au bol comme cela se faisait à une certaine époque indistinctement pour filles et garçons, un enfant est l'objet central de la rétrospective. En salopette, sur le siège passager d'une deux-chevaux au volant de laquelle se tient un homme, probablement son père. En blouse d'écolier, appliqué devant un manuel de lecture. Sur une nappe de pique-nique, accrochant des cerises comme des boucles aux oreilles d'une jeune femme qui doit être sa mère, ainsi qu'aux siennes. À vélo, l'air peu sûr. Au bord d'une piscine, le visage terrifié. Visage qui vieillit au fil des pages, quand la coupe de cheveux reste inchangée : le sacro-saint bol. Et puis l'enfant n'est plus un enfant. Tient dans ses bras un autre enfant, nourrisson encore, qui lui aussi apprendra à se tenir sur deux roues, sera tétanisé devant le plongeoir du grand bain, mangera des cerises et un jour peut-être conduira non pas une deux-chevaux mais une Mégane, Logan ou autre avatar. La vie est faite de répétitions, Zimmerman n'a aucune illusion à ce sujet. Tout comme au sujet des lettres qui se sont accumulées au fil des années dans… Vous voulez savoir dans quel secrétaire, quel coffre-fort, quel tiroir secret Zimmerman a, au fil des années, mis en lieu sûr sa collection de lettres de refus ?

Vous êtes chanceux, lecteur, Zimmerman vous a peut-être entendu et, refermant l'album photo, s'approche de la grande table rectangulaire dont on fait jouer le verrou, qui s'ouvre dévoilant, ceci vous le savez, des touches d'ivoire et d'ébène, mais, et ceci vous ne le saviez pas encore, un virginal, instrument à cordes pincées fort prisé des compositeurs à l'époque élisabéthaine, doté d'un curieux décor en papier flamand comme on en produisait au XVIIe siècle, qui entoure l'intérieur du clavier et les éclisses de la table d'harmonie.

Toutefois, ce papier flamand est de facture bien particulière, pas de frises végétales, d'entrelacs, d'arabesques, de faux marbre ni de devises latines. Voici que sous vos yeux Zimmerman dévoile une tapisserie faite d'un assemblage de morceaux de lettres dactylographiées sur papiers à en-tête divers et variés, formant une frise ayant pour point commun une basse obstinée. Un virginal en lettres de regrets.

Des lettres, encore et toujours des lettres, anonymes, de refus, porteuses de mauvaises nouvelles, enveloppes vides, ou de papier kraft ?

À l'intérieur du couvercle, une allégorie centrale, peut-être pourrions-nous la nommer (à la manière de nos amis britanniques baptisant le thème de *L'Harmonieux Forgeron* : *The Harmonious Blacksmith* – titre que Haendel n'a au demeurant jamais suggéré)... *The Wise Carpenter*? On peut en effet y admirer un personnage qui a tout l'air d'exercer profession de charpentier.

Cependant, le virginal saurait-il nous charmer par des sons doux et suaves, au-delà des remords et repentirs, car qui sait ce que cache ce charpentier entouré de refus ?

Peut-être Meunier aurait-il la science pour nous éclairer, par l'artifice de la réflectographie, en projetant sur le tableau un faisceau infrarouge révélant à nos yeux le modèle sous-jacent : une Belle Ferronnière, posant de trois-quarts, regard perdu au loin dans sa méditation, esquissant un léger sourire dans un sfumato qui se dissout imperceptiblement.

Morbleu, assez de fumée, voilà que trois coups frappés à la porte pourraient la dissiper.

42

Vingt-trois heures passées et quelqu'un à sa porte? Pareille chose ne s'était pas produite dans l'immeuble depuis l'incendie de la cathédrale. Prudemment, Zimmerman tourne la poignée en ayant soin d'armer la chaînette de l'entrebâilleur. Si le spectacle qui l'attend de l'autre côté est pour le moins surprenant, il n'a cependant rien qui empêche d'ouvrir grand le battant, et de nous laisser découvrir sur le seuil notre baryton, baluchon à l'épaule, dans un état de jovialité qui laisse soupçonner une certaine ébriété.

– Bonsoir, je sais qu'il est un peu tard, mais je viens tout juste de rentrer de voyage, et je me suis dit…

Le barbu se balance encore d'un pied sur l'autre, avec une grâce inhabituelle, comme qui dirait chaloupée.

– Je me suis dit que je ne vous avais finalement jamais exprimé ma gratitude pour l'aide que vous m'avez apportée ce premier soir…

Bien sûr s'exprime plutôt maladroitement, mais cette maladresse a un charme léger ce soir, probablement aidée par les quelques heures qu'il vient de passer au comptoir du Barretta.

–Alors je sais qu'il est tard, excusez-moi je n'ai plus de montre, trop tard pour un café, mais je vous ai apporté un petit cadeau, j'espère que vous aimerez…

Malgré, ou à cause de, l'incongruité de la situation, Zimmerman ne peut s'empêcher de rire lorsque le barbu, toujours sur le seuil, essaye de défaire son paquetage pour en extraire quelque chose. Après tout, ce n'est pas souvent que ce genre d'aventure advient, peut-être serait-il bon de ne pas la laisser filer.

–Je vous en prie, entrez, pas de manières entre nous.

–C'est sûr ? Je ne vais pas vous ennuyer ?

–Mais non, mais non, allez-y, vous connaissez le chemin.

Le jeune homme, débridé mais confus, se dirige à vue de nez dans le couloir. Il ne se souvient plus très bien. Voyons, porte de gauche, porte de droite… Laissons jouer le sort, il bifurque et débouche, non pas dans le bureau compassé, mais dans la tiédeur de la cuisine.

Zimmerman, qui le suit, s'amuse.

–Très bien, très bien, vous avez bien fait, laissez-moi manœuvrer l'interrupteur, et installez-vous.

Le barbu, un peu gêné mais après tout, la nuit n'en est plus à ça près, pose sur la table son barda, dans lequel il farfouille pour en sortir une bouteille verte et ventrue.

– Eh eh, je vois que vous vous y connaissez ! Une Chartreuse verte ! Mais où l'avez-vous dégottée ?

– Oh, c'est une longue histoire… un autre soir peut-être… Si nous nous contentions de l'ouvrir ?

Ce n'est pourtant pas une nuit des miracles, de Noël ou de l'Ascension, non, une banale nuit du mois de mai qui voit atterrir sur la table deux verres à liqueur et entend grincer le bouchon, l'élixir vert coule, épais, sûrement aurait-il mérité d'être rafraîchi mais peu importe, le plaisir de l'imprévu seul compte.

Tellement imprévu d'ailleurs que le barbu malhabile frôle la main de Zimmerman en attrapant son verre et, un peu ému, décide de porter un toast.

– Alors, à notre… à notre rencontre ?

Si l'on regarde bien, sous la lumière minimaliste dispensée par l'unique lampe à pied, Zimmerman rougit.

– Oui, à notre rencontre…

Mais les yeux de Zimmerman sont plus habitués que les nôtres à cet éclairage tamisé, et avant de porter le verre à ses lèvres :

– Oh… mais… votre barbe… on dirait…

Zimmerman s'approche, effleure la joue du baryton, et arrête son geste.

– On dirait… elle a changé de couleur, elle est… elle est…

Le barbu rit à son tour, et attrape la main de Zimmerman.

– Grise ? Oui, vous avez raison, vous voyez, ces derniers jours m'ont fait mûrir d'une façon plutôt surprenante.

Toile surréaliste, Zimmerman debout dans la cuisine, devant le baryton qui retient sa main, les verres posés sur la table.

– C'est vraiment incroyable !

– Ce qui est incroyable c'est d'être cette nuit avec vous, enfin… je veux dire… pour moi.

Les regards s'évitent soudain.

– Peut-être suis-je venu au mauvais moment. Vous attendiez quelqu'un… Vous aviez quelque chose à terminer…

Zimmerman pose de nouveau les yeux sur le grand maladroit.

– Écrire les dernières pages d'un livre, c'est une mort programmée, j'avais envie d'une résurrection.

43

Cette fois-ci, l'expéditeur anonyme n'avait pris aucune précaution et déposé directement sur le paillasson l'enveloppe en kraft que Meunier découvrit après l'ascension des cinq étages. Sans signature. Et sans même le nom de Meunier. Celui-ci n'en fut pas outre-mesure surpris. Assurément, son romancier épistolaire avait les clefs, ou quelque intimité dans l'immeuble qui le dispensait d'affranchissement et de distribution par les voies réglementaires. Quant à mentionner son nom sur l'enveloppe, Meunier étant le seul occupant du cinquième étage – l'appartement côté cour était vide depuis des mois –, c'était tout bonnement inutile, et la probabilité que qui que ce soit l'eût ramassée à sa place quasi nulle. Il ouvrit la porte et entra.

La troisième dimension

Les gens du voyage

Nous avons repris la route, Ê.A. Assis l'un à côté de l'autre dans la voiture, nous filons vers un autre horizon, comme nous l'avions fait tant de fois auparavant. Nos yeux fixent la même voie, les mêmes panneaux indicateurs, les mêmes véhicules que nous dépassons. Nos regards se soucient peu du paysage, concentrés qu'ils sont sur la conduite et nos ruminations intérieures. Nous voyageons côte à côte, séparés par des kilomètres de silence. Murés dans nos kilomètres de silence. Pourquoi as-tu subitement décidé de m'inviter à t'accompagner dans ce voyage alors que tu me tolérais à peine dans notre environnement quotidien ? Mystère, la vie est faite de mystères actuellement.

La voiture est un cocon dans lequel nous glissons douillettement le long des campagnes, des bois et des zones urbaines, dans ce silence ouaté à peine souligné par la musique diffusée par l'autoradio que de toute façon nous n'écoutons pas. Les pensées vont et viennent dans nos esprits, ponctuées par un soupir parfois, un haussement d'épaules ou un tressaut aux commissures des lèvres.

Rares mots échangés. Considérations météorologiques ou indications d'itinéraire.

On ne peut pas dire que l'atmosphère soit explosive. On ne peut pas dire non plus qu'elle soit agréable. Une tension indéfinissable s'étire de soupirs en froncements de sourcils. À quoi peuvent aller tes pensées ? Je n'en sais rien. Vers quoi flottent les miennes ?

Elles sont restées en suspension dans les derniers mois. Certes, j'ai fait le ménage dans ma tête et balayé les toiles d'araignées qui ont migré ailleurs ; pourtant je constate qu'un certain vide s'obstine à remplir mon cerveau et m'empêche d'y faire pousser quelque chose de neuf. Un vide dense, opulent, opaque, qui prend toute la place, un vide en expansion qui menace de faire céder les digues de mon crâne.

En surface restent des impressions. Des sensations. Par ordre alphabétique :

Adrénaline.

Angoisse.

Boule au creux de l'estomac.

Déception.

Dépression.

Excitation.

Impulsions (électriques).

Insensibilisation.

Tous ces états circulent dans un espace entre la fleur de ma peau et mes organes vitaux, sans douleur, sans joie particulière, comme une simple collection d'avoir été.

« Simple collection d'avoir été »... Meunier bâille et songe, sans ordre alphabétique, E comme Ennui...

Et l'Ê.A., qu'en est-il des pensées de l'Ê.A.? Mystère. Un mystère de plus. Rien de profondément agréable d'après les expressions qui s'affichent successivement sur son visage. Rien de profondément dramatique non plus.

Nous voyageons dans l'indécision.

Décider

J'ai décidé aujourd'hui de partir avec l'Objet Déconsidéré. Pourquoi ? Pour lui témoigner un peu de considération ? Une sorte de sentiment de culpabilité judéo-chrétien qui m'aurait conduit à lui proposer de m'accompagner, alors que nous n'avions plus rien projeté en commun depuis des semaines, des mois... ?

Objectivement, je n'en sais rien. Impulsivement, incompréhensiblement, j'ai eu envie de voyager avec l'Objet Désœuvré. De reprendre le fil de nos aventures après être si longtemps restés dans une immobilité grise. Je sais pertinemment que je vais me fourrer dans un sacré guêpier. Malgré cela, j'avais envie que nous entreprenions quelque chose ensemble. Et puis, m'éloigner de la déraison, de l'absurdité de ce qui me guettait à l'atelier.

Une conférence en Suisse, voilà une bonne excuse pour larguer les amarres. Là-bas, pas de poursuites, pas d'allusions, pas d'élucubrations, rien qu'une saine conférence helvétique, en bonne et due forme.

Je file donc en compagnie, en direction des Beaux-Arts suisses. Presque l'impression d'avoir rendez-vous avec ma grand-mère. Mais il n'en est rien. J'ai rendez-vous avec mon œuvre, j'ai rendez-vous avec mon public, j'ai rendez-vous avec...

« J'ai rendez-vous avec mon œuvre », quelle suffisance ! Est-ce que je n'ai pas rendez-vous avec la mienne peut-être ?

J'ai rendez-vous avec qui je veux. Plus de caméras de surveillance, plus d'œil inquisiteur et imprévisible. J'ai emporté l'Objet Désamorcé avec moi, sorte de talisman, qui sait, pour me protéger du mauvais œil. Et s'il arrivait quoi que ce soit là-bas, du moins je tiendrais l'ombre d'une piste. À part l'Objet Désespéré, rien ne me reliera à ces semaines de folie.

Rien. Sauf Petit Cherry. Je sais, c'est de la folie. J'ai invité Petit Cherry à me rejoindre.

Acte complètement irresponsable? Pensez ce que vous voulez. J'avais envie de ce voyage avec l'Objet Déresponsabilisé, et envie de retrouver Petit Cherry en dehors des projecteurs braqués par les apparitions-disparitions de lettres anonymes.

Quelques bonnes centaines de kilomètres, voilà qui devrait faire l'affaire.

Comment vais-je négocier les choses sur place? Je n'en sais fichtrement rien.

Et comment réagira l'Objet Déprévisibilisé? Nous verrons bien. Chaque catastrophe à son heure. Pour l'instant je file vers la sécurité et le bon sens des coucous suisses.

Horloge

Je ne sais vraiment pas ce que je viens faire ici. Ce n'est pas la première fois que j'assiste à une conférence de l'Ê.A., durant toutes ces années les occasions n'ont pas manqué. Cependant ces derniers temps, j'y étais clairement persona non grata. Et voici que l'invitation vient de l'Ê.A. lui-même. Étrange revirement de situation.

Peut-être ai-je repris forme humaine d'une façon suffisamment conséquente pour qu'on m'accorde à nouveau droit de cité parmi les assemblées admiratives, les congrégations humaines, les confréries en tous genres de ceux qui se sentent exister dans le grégarisme. Cessons. Ces derniers mois m'ont fait aborder les terres de la misanthropie.

Néanmoins, l'invitation de l'Ê.A. a été un élément flatteur dans ma reprise de vie. Qui est ce soir une reprise de rôle. Reprendre mon rôle aux côtés de l'Ê.A. Étrange situation. J'ai presque l'impression d'être à l'extérieur de moi-même, de me regarder marcher, échanger des sourires convenus et des politesses de façade, tenir ma coupe de champagne, et avoir la considération du Directeur des Beaux-Arts en tant que partenaire manifeste de l'Artiste. Jusqu'à présent je n'avais jamais eu droit à ce titre. En public. En public officiel, bardé de titres, de conventions et de protocoles. Ici, il est de bon ton de venir avec Monsieur, avec Madame, enfin avec une moitié officiellement présentable. Univers de princes consorts et d'épouses de chef d'État. Je souris donc, je me meus avec élégance dans l'assemblée, je fais honneur aux plateaux de petits fours généreusement offerts sur la ligne comptable « réceptions » par l'administration des Beaux-Arts, je distribue des poignées de main.

De temps en temps, on me demande ce que je fais. Mais dans la plupart des cas, ma présence aux côtés de l'Ê.A. a l'air de suffire à justifier ma présence sur terre. Et si d'aventure je m'avance à répondre à une question polie sur mes activités, je sens que le bâillement réprimé n'est pas loin, que la question n'était que de pure forme, et que si je formulais ma réponse en mandarin ou en grec ancien je susciterais le même type de stupeur ou d'ennui.

Finalement, je ne suis là que pour figurer aux côtés de l'Ê.A. Pas pour exister en tant que personne autonome. Étrange, cette officialisation, après avoir vécu toutes ces années en marge des relations professionnelles de l'Ê.A. Après toutes ces années où je me tenais à l'écart, ma coupe de champagne à la main, alors que les organisateurs se demandaient avec gêne si j'étais une amitié récente, une relation de passage, craignant de commettre un impair et ne sachant à quel titre m'adresser la parole.

Cette fois-ci c'est différent. Je profite allègrement du réconfort apporté par mon verre et les petits fours sophistiqués et roboratifs.

À cette pensée, l'estomac de Meunier manifeste bruyamment l'envie d'une collation, réponse réflexe à cette lecture imposée.

Ce qui ne m'empêche pas de m'interroger sur la raison profonde de ma présence ici aujourd'hui.

Et puis il y a eu ce sentiment curieux tout à l'heure à la fin de la conférence. Ce sentiment mal définissable lorsque j'ai vu l'Ê.A. saluer cette personne venue le féliciter. Pas une poignée de main comme il en a distribué tant ce soir. Pas une bise sur chaque joue comme il en donne à ses amis, certains de ses anciens étudiants, ses connaissances plus ou moins proches. Non, un salut curieusement distant alors que leurs corps se touchaient presque dans la joyeuse cohue de la réception. Et quelques paroles échangées que je ne pouvais saisir dans le brouhaha ambiant. Rien de véritablement anormal. Mais rien de normal non plus.

Je ne vais tout de même pas me remettre à douter du moindre geste, de la moindre attitude de l'Ê.A.

J'avais oublié que je détestais la Suisse. Peut-être à cause des coucous qui me rappellent trop bien où le temps fait son lit.

Aux douze coups de minuit

Ce n'est pas pour me vanter, mais je trouve que j'ai vraiment réussi à négocier les choses au mieux.

Hier soir, retrouvailles discrètes avec Petit Cherry, sans éveiller le moindre soupçon, sans déclencher la moindre alarme.

Et ce soir, franc succès de la conférence, félicitations d'usage, mondanités, un Objet Dédramatisé satisfait de figurer sur le tableau officiel, Petit Cherry reconnaissant de ne pas avoir été relégué en dehors du cadre. Peintre honoraire, peut-être une nouvelle vocation, une piste de reconversion en cas de besoin.

Très belle lumière ce soir d'ailleurs. Les projecteurs braqués sur mon œuvre, un halo tamisé nimbant Petit Cherry, et les flashes des appareils photo capturant l'Objet Distingué. Pas de poursuite, une très belle implantation scénique. Je dois avouer une certaine fierté.

Voici que peu à peu la salle se vide, au rythme des bouteilles amoncelées derrière le bar. L'Objet Décontracté semble y avoir trouvé son compte. Petit Cherry distribue quelques sourires timides à droite et à gauche, m'adressant des signaux infimes lorsque nos regards se croisent.

Quant à moi, je soupire d'aise, sirotant whisky sur whisky tout en discutant avec nos hôtes et les représentants institutionnels.

La salle se vide peu à peu, et je me réjouis à l'idée que nous allons bientôt passer au plat de résistance. Dîner d'apparat en plus petit comité, auquel moi-même, évidemment, mais aussi l'Objet Dédoublé serons conviés. De même que diverses personnalités que nous ne connaissons absolument pas, et que demain matin nous aurons oubliées.

Jeu, set et match. Ne nous reste plus qu'à récupérer nos manteaux au vestiaire. Je me complais en congratulations auprès des organisateurs, jetant des perches vers d'hypothétiques futures collaborations, et me dirige vers la sortie sur invitation de mes hôtes.

Un tableau surréaliste orne l'entrée.

Petit Cherry en pleine discussion avec l'Objet Défragmenté.

Bientôt les douze coups de minuit, le carrosse se transforme en citrouille.

Être mal

Les mystères s'enchaînent et ne se ressemblent pas. Drôle de petite chose avec laquelle j'ai discuté à l'issue de la conférence. Petite Chose. Je ne sais pas si ce nom lui convient bien. Un corps fluet, menu, gentil et têtu. Petite Chose qui par un étrange concours de circonstances se trouve à présent à table juste à côté de moi. Et toujours cette indéfinissable impression de... mal-être.

C'est une chose de se confronter à un être virtuel. C'en est une autre de se trouver face à un être en chair et en os. Petite Chose. Petit être de chair et d'os. Petit Être Chéri.

Comment ai-je deviné que cette Petite Chose était un Être Chéri ?

De nouveau le jeu des devinettes... on y prendrait presque goût.

Cette inexplicable sensation de malaise alors que nous devisions de choses et d'autres justement. Cette inexplicable sensation de mal-être, et cette fascination à la fois qui m'empêchait de me détacher du flot de ses paroles, de la lumière de ses yeux. De quelle couleur ses yeux d'ailleurs ? Je serais bien incapable de le dire. Incapable de sortir de son orbite, rester à l'écouter comme si je l'avais toujours connue cette Petite Chose, comme si la musique de ses mots m'était familière pendant qu'elle se distillait dans mon sang tel un poison sûr, implacable sous des dehors tout à fait anodins.

De quoi avons-nous parlé ? Je ne peux m'en souvenir. Seuls demeurent la sensation de tension croissante, le nœud qui se resserre au creux de l'estomac, cet air de déjà-vu qui se chante sous les mélismes sages et classicisants de la ligne vocale. Un pastiche comme on en faisait autrefois en glissant un texte nouveau sous une mélodie bien connue. Pastiche de ma propre douleur. Pastiche des mois défunts. Pastiche de ce que j'ai été. La douleur se réveille, comme une drogue dont on ne sera jamais réellement sevré, sorte d'excitation morbide qui décuple mes perceptions, qui surpasse mes sens, annihile mes semaines de rédemption.

Mal-être.
Être mal
Être Chéri
Être Chose
Être Petit
Petite Chose
Petit Amour
Chose Aimée
Âme Chérie...
Comment vous appelez-vous ?
Je chercherai, profil d'ange grec,
Si jeune et tant de veines
Saillantes et bleutées
Sur vos mains.
La petite valse macabre
À quatre temps,
Toujours aussi efficace,
Je l'aurais volontiers dansée
Avec vous ce soir.
Et d'où vous vient soudain
Ce léger sourire au bord des lèvres,
Que vous entrebâillez
Pour exhaler enfin
Un soupir,

Cher Ange,
Et ce soupir,
Chère Âme,
Lorsque nous abordons
Le quatrième mouvement,
D'où vous vient-il
Lorsqu'enfin
Vous respirez,
Ces lèvres entrouvertes
Que j'aurais volontiers
Baisées,
Avant que vous
Ne tourniez la tête...

Assez.
Arrête ça.
Avant de baiser les lèvres de la mort.

Il ne nous manquait plus que ça, une vocation poétique...

Tableau de chasse

Comment se fait-il que je me trouve face à Petit Cherry et l'Objet Dompté assis sur la même banquette ? Comment Petit Cherry a-t-il réussi à se faire inviter au dîner officiel ? C'est un comble. Un rebondissement que je n'avais pas imaginé.

Certes c'est moi qui ai provoqué la mise en présence, mais je n'avais jamais eu l'intention de mettre en scène un face-à-face.

Le merveilleux sens des conventions suisse. La merveilleuse superstition suisse. Ou comment éviter d'avoir treize convives à table, et satisfaire aux normes de parité en vogue.

Et maintenant, Petit Cherry et l'Objet Désobligé se partageant la banquette. Vision de rêve. Tableau d'apocalypse. Flatteur et dangereux tableau de chasse.

Si je songe encore une fois à la reconversion, voici une nouvelle piste. Peintre animalier, spécialiste en vénerie. Scènes de chasse à courre, à cor et à cri, du cerf au gibier d'eau, en passant par le sanglier et autre gros gibier. De la curée au trophée, du hourvari à l'hallali, chasse par force, chasse à bruit. J'ai dû par mégarde sonner la trompe, et dévoiler ma supercherie.

Sous les regards croisés de l'Objet Décoré et de Petit Cherry, j'ai le sentiment d'être à la merci des rabatteurs, piqueurs, coureurs et cavaliers sous le commandement de deux Maîtres d'équipage. C'est finalement moi qui serai l'objet de la traque, reste à savoir si ma mise à mort se fera à la dague ou à l'épieu. Aux abois, je commence à fatiguer et ne fuirai pas bien loin.

Je ne reçois plus aucun signe de gratitude de la part de l'Objet Décomplexé, ni d'empathie venant de Petit Cherry. Solitude de la proie. Solitude du vaincu. Je me suis fait prendre à mon propre jeu. Je me suis fait prendre à mon propre piège. Piège qui se referme tout sourire. Sourires de mes voisins de table, honorés de ma présence, sourires du personnel du restaurant, affables et professionnels, sourires de l'équipe des Beaux-Arts, professionnels et convenus. Un piège souriant se referme autour de moi. Les seuls à ne pas sourire ? Petit Cherry, l'Objet Déridé et moi-même.

Est-ce à dire que les deux personnes sus-citées me fassent objectivement la tête ? Objectivement, non. Personne ne fait la tête à personne. Chacun poursuit le fil d'une conversation objectivement normale, où il est question de peinture, de livres, d'expositions, où il est question de ce qui nous réunit ce soir autour de cette table, de ce qui donne sens à nos vies, où il est question en somme de tout ce qui nous rapproche, Petit Cherry, l'Objet Dérivé et moi.

Réunion au sommet. On atteint des sommets dans l'absurdité de la situation. Des sommets dans l'absurdité de ma position. Les deux êtres qui ont nourri mon imaginaire durant ces derniers mois côte à côte face à moi, et je ne peux échanger avec aucun d'entre eux. Rien échanger de personnel. Même si nous échangeons beaucoup. Sur l'Art. La Vie. Même si nous n'échangeons ni sourires, ni regards francs. Même si les positions viennent de changer.

Que ressentent mes deux vis-à-vis ? Comment pourrais-je le savoir ? Comment pourrais-je le sentir, moi qui ne sens plus rien si ce n'est le froid qui m'envahit de la pointe des orteils à la racine des cheveux ? Moi qui ne sens plus rien sinon l'hostilité ambiante, et ne rêve que d'un autre verre, un dernier verre qui ne sera pas le dernier, d'une bonne bouteille de single malt pour échapper à ce cauchemar.

Voilà qui te fera les pieds, cuistre, snob, crâneur, prétentieux, poseur ! Meunier sourit, il se sent en verve tout à coup.

Machinalement, je mets la main dans ma poche pour chercher mon portefeuille. Geste stupide. L'addition est évidemment réglée par mes hôtes. Je remets le portefeuille à sa place. Il résiste. Quelque chose résiste au fond de la poche. Avec agacement, je farfouille entre le tissu et la doublure. Et ramène, tirebouchonnée entre mes doigts, une enveloppe froissée.

Froisser

L'interlude suisse est terminé. Retour au drame. Le drame suisse n'a pas eu lieu, malgré la tension savamment orchestrée. Le drame suisse n'a pas eu lieu, ce n'était qu'un interlude, un divertissement destiné à détourner l'attention. Le drame se tiendra ailleurs. Explosera ailleurs. Un coucou suisse a servi de minuteur à la bombe à retardement.

Efforts des dernières semaines ruinés en une soirée. En reviendrai-je de cet épisode suisse ? Rien n'est moins sûr. Même si mon corps et ce disant mon cerveau sont retournés dans leur univers familier, mes pensées trottent toujours dans le no man's land du drame avorté.

Qu'y a-t-il eu de dramatique ? Rien. Deux corps qui se confrontent, qui s'épient, se cherchent, au-delà des mots qui s'échangent extrêmement poliment, extrêmement sagement. Deux corps qui se cherchent, non sur un ring, non dans un lit, deux corps qui se cherchent sans se toucher sur une banquette de restaurant.

Où est le drame ? Qui l'a écrit ? Qu'en sais-je, tout ce que je constate, c'est cet orage qui grossit, s'amoncelle dans ma cage thoracique, et dont je crains qu'il ne fasse sauter la soupape de ma boîte crânienne pour aller éclater dehors.

Aucun fait tangible pourtant. Juste...

Qu'est-ce qui est juste ?

Froissements de cils. Froissements de paupières.

Froissements de cœur. Froissements de méninges.

Froissements de corps. Froissements sans cris.

Froid, seulement ?

Est-ce ma susceptibilité qui a été froissée ?

Froissements de draps. Froissements de papier.

Froissements d'humeur. Froissements de vie.

Billet froissé. Mouchoir froissé. Visage froissé.

Qui, au juste, est froissé ?

Léger froissement de mon costume de lin. Léger froissement de mon âme. Léger froissement de mon amour-propre recroquevillé au fond de mon cerveau.

Léger refroidissement. Rien de grave, docteur ?

Non, rien de grave. Rien de grave dans cet interlude suisse.

Juste mon amour froissé dans le creux de ma main, et enfoncé dans ma poche sous un mouchoir froissé.

Juste une vie froissée pour tenir le moins de place possible, qui se déplie péniblement, sans réussir à reprendre son aspect d'origine.

Honneur froissé ?

L'honneur tient tellement peu de place dans cette histoire qu'on pourrait le ranger dans l'interstice compris entre une poche et sa doublure. L'honneur n'existe plus, disparu sous une serviette en papier.

Qui a été la doublure de qui ?

Qui a été doublé par qui ?

On se dépasse ? On se dédouble ? On se dédie ?

On se dédit ? On se d... ? O.D. ?

Ode, Odée, Audée, Aude, Halde, Haul...

Qui a été le butin de qui ?

Qui a été attrapé par qui ?

Qui s'est fait prendre ?

Qui s'est fait piéger ?

Quelque chose se déplie, se défroisse au fond de ma boîte crânienne.

Une très belle toile d'araignée, perlée de gouttes de rosée.

L'arroseur arrosé

Il aura fallu que j'attende cet épisode pour mettre les pieds dans un commissariat de police. De ma vie je n'avais eu à faire de déclaration de perte de papiers d'identité, de vol de véhicule, à déposer une plainte pour tapage nocturne ou quoi que ce soit de ce genre.

Les fauteuils en skaï du grand hall aux néons agressifs m'accueillent avec indifférence pendant que j'attends mon tour avec résignation. Aucune empathie dans le regard de l'agent d'accueil qui a enregistré mon arrivée. Aucune compassion dans la voix du préposé à qui j'explique les raisons de ma venue. On m'oriente juste dans ce hall d'attente dans lequel je patiente depuis plus de trois quarts d'heure. Même un hall de gare serait plus accueillant, au moins y aurait-il un peu d'animation, les allées et venues des départs et arrivées, les retrouvailles effusives, les larmes des séparations, la vie quoi. Ici, chacun regarde fixement le ticket portant le numéro d'ordre d'arrivée qu'on lui a attribué, ou feuillette nerveusement un dossier rempli de photocopies, de justificatifs, de je ne sais quoi imprimé sur des feuilles de papier. Je n'ai pas de dossier. Seulement deux enveloppes froissées au fond de ma poche. Et un bristol de fleuriste. Je regarde fixement le ticket où est inscrit mon numéro.

Un des néons clignote ses intermittences cardiaques, supplice chinois lorsqu'on est condamné à attendre. Le skaï du fauteuil colle sous mes mains moites, le distributeur de boissons est en panne. Tout le monde est coincé ici pour un temps indéterminé. Un temps qui s'écoule le plus lentement possible, ponctué par l'ouverture d'une porte de bureau d'où sort un agent au visage fermé comme une porte de prison, qui prend une autre porte pour entrer dans un autre bureau. Le temps s'écoule le plus lentement possible. Au bout d'une éternité, quelqu'un sort et annonce un numéro qui fait lever de son fauteuil un de mes compagnons de peine, puis l'éternité reprend son cours. Évidemment, pas un journal, pas une revue, et j'ai oublié de prendre un livre.

En fait, je n'y ai pas pensé parce que je n'avais pas prévu cette visite inopinée au commissariat. Pas prévu jusqu'à cet après-midi, durant le voyage de retour sur les autoroutes helvétiques. Jusqu'à ce silence dans la voiture, ni glacial, ni ouaté, un silence clinique qui laissait libre cours à l'autoradio de s'exprimer. Un silence propice à l'introspection et la paranoïa. Atterrissage en début de soirée au pied de l'immeuble, je dépose l'Objet Désorganisé avec nos bagages et vais garer la voiture dans le parking situé quelques rues plus loin. Sur le chemin, je remarque pour la première fois l'enseigne lumineuse où s'affiche en lettres capitales : Commissariat. J'ai dû passer devant des dizaines, des centaines de fois sans y prêter attention. Je tâte le fond de ma poche qui émet un bruit de papier froissé, et je pousse la porte. Agent d'accueil. Salle d'attente. Mon matricule de bagnard sur un ticket. Pas de livre, distributeur de boissons en panne – de toute façon cela m'étonnerait qu'il distribue du single malt dans des gobelets en plastique. Pour tuer le temps, j'essaye de penser à quelque chose de positif, du moins à quelque chose d'agréable. Le visage de Petit Cherry ? Distant. Le visage de l'Objet Distancié ? Fermé. Je me retrouve avec mes compagnons de cellule, coincés dans la froideur clinique de la salle d'attente, emprisonnés sans même avoir été jugés.

Mouvement de colère. C'est moi qui viens porter plainte, moi qui viens réclamer justice !

Mais le temps passe, et il faut se résigner à attendre. Attendre avec tous ceux qui probablement ont de bonnes raisons de demander justice. Agressions, vols, violences conjugales, escroqueries, abus de confiance, viols, coups et blessures, diffamation, tapage nocturne, harcèlement, négligence, non-respect de la vie privée, arnaque aux assurances, menaces...

Lorsqu'enfin j'accède au bureau du préposé à qui je vais exposer les motifs de ma plainte, la sanction tombe de son regard désabusé, voire légèrement agacé devant mes deux enveloppes froissées et mon bristol de fleuriste. Signature et coup de tampon, qui seront selon toute probabilité classés « sans suite ». Une suite d'incongruités sans passage à l'acte.

Le suspense est à son comble, soupire Meunier. Pourquoi ne lui a-t-on pas plutôt envoyé un bon polar ?

Synchronicité harmonique

Je m'interroge sur la nécessité d'un passage à l'acte. Il n'y a pas eu de passage à l'acte durant le voyage suisse. Seulement des mots qui sont venus résonner en moi, harmonies sympathiques provoquées par l'effleurement de l'archet sur les cordes trop tendues de mon âme. Est-ce à dire que je me sens à fleur de peau ? À fleur d'âme ? J'ai l'impression que la mienne s'est envolée loin des contours de l'Ê.A. durant ce voyage. Qu'elle s'est posée au bord des lèvres de la Petite Chose, et a disparu avec elle sur un coin de trottoir, dans les brumes d'une soirée plus qu'arrosée.

Depuis le retour, mon cerveau est embrumé, et mon âme inscrite aux abonnés absents. Retrouverai-je un jour une âme ? Existe-t-il des âmes de rechange que l'on peut aller piocher dans une garde-robe, un garde-manger, un cellier à âme ? Une seule chose est certaine aujourd'hui, c'est que mon âme est perdue pour l'Ê.A. S'est perdue pour l'Ê.A. Une grande perte pour lui ? Peut-être cela passera-t-il inaperçu. Inaperçu parce que sa lumière aura été éclipsée par celle d'une autre âme. D'une âme devenue chère. D'une Chère Âme. C.A. Parce que sa lumière aura terni, abandonnée par les étoiles favorables des débuts, parce que sa lumière se sera éteinte à petit feu, sans bruit, dans une synchronicité harmonique émergeant de l'éclat croissant d'une Chère Âme soudain apparue dans les constellations.

Comment se génère-t-on une âme de rechange ? Peut-on la commander chez un grossiste, en faire l'apprentissage par correspondance ? Y a-t-il un service après-vente pour les âmes hors d'usage ?

La mienne n'est même pas brisée, rien ne servirait de la recoller, elle s'est simplement envolée sur un coup d'archet définitif dans un acte imprévu, un codicille au pacte des âmes qu'on n'avait pas bien lu, un épilogue à la Tétralogie dont on pensait avoir à peine écouté le premier opus.

Quatrième mouvement avorté. Y a-t-il un avenir, une musique qui s'écrit au-delà ? Je ne sais. Je ne connais rien à la composition. Et l'Ê.A. est peintre. A probablement déjà sur une nouvelle toile ébauché le portrait d'une âme devenue chère. Une Chère Âme. La Petite Chose n'était pas si terrible tout compte fait. Elle a seulement emporté mon âme au passage dans ses bagages. Elle n'était pas si terrible en comparaison des Chères Âmes qui rôdent à tous les coins de rue, alors que d'âme, moi, justement, je n'en ai plus.

La mascarade prend fin ce soir, dès lors que l'on peut mettre des noms sur des visages, des visages sur des initiales, des identités sur des pseudonymes. Dès lors qu'on a pu concrètement toucher le drap d'un manteau, le papier d'une lettre, le bras d'un être vivant.

Les masques tombent, le maître de cérémonie a cyniquement tiré sa révérence, la fête est finie, chacun rentre chez soi pour remiser au placard son costume de carnaval et endosser à nouveau ses oripeaux. Chacun son rang, chacun son rôle, le mien n'est même pas de faire tapisserie. Mon rôle n'a pas été écrit, l'auteur n'avait pas pris en compte mon existence lorsque les trois coups ont été frappés au lever du rideau.

Tout cela n'était qu'un rêve, un mirage que j'ai créé de toutes pièces à partir des êtres dont j'ai pompé le sang et la chair pour les injecter sur l'écran imaginaire de ma toile intérieure.

La vie est un songe. Ai-je rêvé la mienne ? J'en viens à le penser. Tellement immatérielle que je n'en ai pas même fixé dix lignes sur le papier. Pas un quatrain. Pas un mot.

Une immense page blanche en déroulement continu.

Le rideau tombe ce soir, mon âme s'est envolée, mon corps est fatigué, quant à mon cœur, je crois qu'il ne bat plus.

De quel côté d'ailleurs était-il censé battre ?

« Cher Être Aimé... »

Déculpabilisé

Silence radio de Petit Cherry depuis mon retour. Certes je comprends, la pantomime suisse aura pu paraître quelque peu grotesque. Même si, tout compte fait, j'en suis la principale victime.

Me vient un élan vers l'Objet Désobjectivé. Un élan de... honte... non, je n'irai pas jusque là. Un élan... d'affection ? Comment serait-il reçu à présent ? Un élan de... culpabilité ? Coupable ou victime, il s'agirait de choisir son camp. Chacun son métier, et les vaches seront bien gardées. Mais qui a gardé qui ? Qui a conservé quoi ?

Je n'ai rien conservé de cette affaire. Surtout pas les enveloppes ni le bristol que j'ai jetés avec dégoût dans une poubelle au sortir du commissariat. Après ce long périple, je rentre enfin au port, réalisant que ma boussole et mon ancre étaient en fait l'Objet Dépossédé. Étaient enfin l'objet le plus immatériel que j'ai pu posséder. Que je n'ai jamais possédé. J'aurais quasiment envie de rentrer chez moi avec quelque chose à offrir, un petit rien, un présent de fortune pour symboliser la révolution d'un cycle, pour marquer un nouveau départ. Toutefois, à cette heure, les boutiques sont fermées. Je ne pousserai pas le mauvais goût jusqu'à m'arrêter dans une épicerie de nuit et acheter une bouteille de single malt pour célébrer l'événement.

Puisqu'il n'y a pas eu d'événement. Il n'y a pas d'événement, seulement envie de rentrer chez moi pour retrouver quelqu'un que je souhaiterais désormais éviter de décontenancer, de dépersonnaliser, de diffamer, de désobliger...

Je reviens donc les mains vides, mais le cœur plein d'espoir, croisant les doigts pour qu'il soit reçu favorablement en retour.

La porte une fois refermée, il règne un froid glacial dans l'appartement. La lumière de la cuisine est éteinte, j'entre dans la chambre à coucher, vide. Le salon, désert. Je poursuis mes investigations, ne reste que le bureau. Une vague d'air froid s'engouffre dès que j'ouvre la porte. Je n'ai pas besoin de lumière pour deviner que la fenêtre est ouverte. Par acquit de conscience, je tourne tout de même le commutateur. De la conscience, peut-être est-ce après tout ce que j'aurai gagné.

Un courant d'air frais agite les pages d'une dizaine de carnets alignés sur le bureau. Remue les pages qui exhalent un parfum de fraîcheur, un parfum de pâte à papier, totalement immaculées.

Devant moi sont alignés dix carnets vierges, qui ne sentent rien, ni colle ni encre, dix carnets non lignés dont les pages dansent au rythme de la brise soufflée au travers de la croisée.

Dix carnets d'écriture dématérialisée.

Mais tout sonne dématérialisé dans cette histoire, on ne sait pas qui est qui, qui a écrit quoi, s'insurge Meunier.

Dématérialisation

C'est incroyable ce que ces petites bêtes s'installent vite. On tourne le dos quelques minutes et hop, les voilà revenues. Sans-gêne, elles ont fait comme chez elles. Ont pris leurs aises, là, juste sous mon nez. Juste à l'angle supérieur de la fenêtre que je contemple avec étonnement. Il faut toutefois préciser qu'elles ont eu l'élégance de ne pas s'installer dans l'angle supérieur à l'intérieur de la pièce. Non, elles s'affairent dans l'angle supérieur gauche, à l'extérieur de la fenêtre. On peut leur reconnaître un certain tact. Après tout, la façade de l'immeuble est à tout le monde. Mais ce sont quand même les fenêtres de mon appartement. Match nul, parties communes ? Qui a entamé la partie ? À quel point du jeu sommes-nous arrivés ?

Pour mieux observer les araignées, j'ouvre les battants et m'assieds sur le bord de la croisée. Leur travail minutieux me fascine. M'aimante. En viendrais-je à les aimer ?

Cher Être Aimé...

Cher Être Aimé,
Feu mon amour,
Le charme de l'aimantation a cessé
Aujourd'hui d'opérer...

Pour avoir une vue plus précise, je grimpe sur le rebord de la fenêtre en m'accrochant aux montants. La nuit est froide, la nuit est belle. Je contemple le ballet des arachnides sur la toile, le rapport stratégique qui se tisse entre la proie et le prédateur.

Quatrième mouvement...

1 Le Merveilleux
2 L'Amour
3 La Peur
4 La Perte

Quel sera mon mouvement aujourd'hui...

Évidemment, cela n'engage à rien. Seulement une idée, un fantasme, un désir ce soir.

La nuit est froide, la nuit est belle, les étoiles sont apparues dans le ciel.

Debout sur le bord de la fenêtre, dos à la nuit qui s'éveille, j'admire le ballet des feuilles vierges qui bruissent doucement sur le bureau, désenchantées...

Vous qui lisez, comment pouvez-vous tenir ce livre entre les mains puisqu'il n'a pas été écrit ?

De qui se moque-t-on ? Qui se paye le luxe de se payer sa tête ?

Médéa furiosa

Ça faisait des mois qu'l'autre zinzin, l'espèce de peintre, l'avait pas mis les pieds dans l'immeub. Des mois qu'l'avait pas fourré son nez derrière ma porte à poser des questions qu'on pose pas. Des questions qu'avaient pas d'sens. Ni queue ni tête, à croire qu'elle était pus posée sur ses épaules sa tête. Et pis là, y a deux jours, v'là pas qu'le proprio m'demande d'aller jeter un coup d'œil au cinquième pour voir c'qui s'passe. Moi, franchement, j'y mets pas les pieds au cinquième. C'est trop haut, y a pas d'ascenseur, et pis personne s'rend compte que j'viens pas y donner un coup d'balai dans la cage d'escalier pisque personne y monte sauf l'autre espèce de barbouilleur. Alors bon, quand j'ai reçu l'coup d'fil du proprio, ça m'a franchement pas arrangé, mais bon, vu qu'c'est l'président du syndic, j'pouvais pas trop y dire non. J'suis pas monté tout d'suite quand même. Et pis c't'après-midi, après la sieste, après mon feuilleton, j'me suis dit qu'y faudrait p't'êt bien qu'j'aille y faire un tour à un moment donné. Tout' façon, y fallait qu'j'monte au troisième porter les trois sacs d'litière à la vieille avec ses chats. Alors deux étages en pus… J'ai fermé la porte de la vieille (franchement, avec ses deux maboules de chats obèses, ça pue chez elle, j'reste l'moins d'temps possib), j'ai fermé la porte, pis j'ai pris mon courage à deux mains, putôt à deux jambes j'devrais dire, et j'ai monté les deux étages en pus. Évidemment, j'avais les clefs. Personne le sait, mais j'ai un doub des clefs des appartements de tout l'immeub. C'est pas moi qu'ai d'mandé. C'est l'syndic qui veut. Paraît qu'c'est une question d'sécurité. Bref, j'avais les clefs dans ma poche, et pis j'les ai tournées dans la serrure, mais j'crois bien qu'c'était pas fermé à clef, juste la porte qu'était claquée. Pas sûr.

Pasque là-dedans, ça valait l'coup d'œil, j'vous jure.

Tout qu'était sens d'sus d'sous.

Y avait des dessins déchirés, des bouts d'tableaux hachés en morceaux. On pouvait même pus rien r'connaître, comme si tout qu'avait été passé à la moulinette. Des bouts d'zyeux, des bouts d'nez, des bras et pis des jambes qu'avaient été explosés aux quat' coins, pas possib d'savoir à qui y zappartenaient ces bouts d'chair à canon, pas possib de r'connaître si c'étaient des bouts d'hommes, des bouts d'femmes, des bouts d'un êt' humain quoi. Moi j'vous dis qu'ça m'a fait une drôle d'impression, même qu'ça m'a fichu la frousse pour êt' honnête. Çui qu'a fait ça, franchement, y d'vait êt' complètement givré. J'ai just' fait mon service militaire, encore, au bout d'trois s'maines y m'ont réformé, mais j'parie qu'sur l'front c'était pas pire.

Qu'est qu'j'vais faire, qu'j'me suis dit. Et pis après tout, j'ai pensé, c'est pas mes affaires, c'est pas mes oignons. Le syndic, l'aura qu'à faire venir une société d'nettoyage.

J'suis quand même resté là planté un bon moment à r'garder l'carnage, et pis quand j'me suis rendu compte qu'tout c'temps j'étais en train d'me parler tout seul, j'ai vraiment eu la frousse, j'ai claqué la porte et descendu les escaliers. Non mais des fois, manquerait pus qu'moi aussi j'commence à êt' débloqué.

Paris, avril 2019

The Wise Carpenter

Meunier en resta comme deux ronds de flan.

44

Alors là, c'était le pompon. Le bouquet. Les bras lui en seraient tombés s'ils n'avaient pas été soutenus par ceux du fauteuil. La vierge ne pipait mot. Meunier se trouvait momentanément à court de vocabulaire. Qu'est-ce qui l'agaçait tant dans cette affaire, outre le fait qu'on lui inflige la lecture d'un livre qui, aux dires d'un des protagonistes, n'avait pas été écrit ? Quel besoin alors de le prendre lui, lecteur, comme témoin et otage de ce tissu d'invraisemblances ? Il y avait quelque chose de malsain dans cette histoire, quelque chose qui sonnait faux, mais il n'arrivait pas à déterminer quoi. Il était évident que ce dramatisme grandiloquent qui se regardait le nombril à force de « simple collection d'avoir été », de « pastiche de ma propre douleur » et d'« effleurement de l'archet sur les cordes trop tendues de mon âme » frisait le pathétique. Une vraie symphonie. Inutile sophistication du vocabulaire qui frôlait le sophisme du plus mauvais goût.

Ces constantes invocations des étoiles, des constellations, quel tableau nébuleux, ne parlons pas des « Petit Cherry », « Chère Âme », d'un ridicule : se croit-on spirituel ? Se croit-on poète ? D'ailleurs, cette manie des intrusions intempestives de poèmes, lamentable… Cerise sur le gâteau, la langue vulgaire, triviale du dernier chapitre : est-ce ainsi qu'on considère les gens du peuple ? Personne ne s'exprime comme ça, ni un concierge, ni une femme de ménage, quel manque de respect. Ou était-ce un désir de l'auteur de saboter sa propre œuvre ? Tout jusqu'au dernier chapitre chantait faux, beuglait faux. Tout, et pire que tout cette signature, ce « Wise Carpenter », quel pseudonyme inutilement alambiqué. Ou le mettait-on, lui, Meunier, au défi de chercher ?

Ce petit jeu de devinettes ne l'amusait guère. S'adressait-on directement à lui lorsqu'on évoquait des « êtres dont j'ai pompé le sang et la chair pour les injecter sur l'écran imaginaire de ma toile intérieure » ? À dire vrai, Meunier se sentait floué. Vexé de se trouver quelque ressemblance avec le personnage du peintre sous les traits duquel il se voyait à son goût un peu trop croqué, non pas dans l'abracadabrant synopsis, mais dans certaines occurrences, situations qui tintaient de façon plus que familière à ses oreilles. Si on avait des reproches à lui adresser, on n'avait qu'à les lui exposer en face. Non mais. Des fausses notes. Un enchevêtrement de fausses notes dans une partition dirigée par un mauvais chef. Qui avait la lâcheté d'avancer masqué.

« The Wise Carpenter », que voulait-on lui faire comprendre sous ce nom de plume qui tenait du loup ? La maîtrise de la langue anglaise de Meunier était plutôt élémentaire, mais tout de même, il n'était pas sourd. Après ce jeu sur les adjectifs, que lui demandait-on d'interpréter ? Le Sage Charpentier ?

Allez, lui aussi pouvait s'amuser s'il le voulait.

Le charpentier éclairé. Le charpentier contemplatif. Philosophe. Équilibré. L'habile charpentier ? Le pur charpentier ? Le charpentier savant, réservé, mesuré, réfléchi, pondéré ? Un charpentier averti en vaut deux. Un paisible charpentier semant le trouble dans son sillage ? Un honnête charpentier se cachant sous un profil de nestor pour mieux tous nous mystifier ? Un marabout, un ascète, un mage, un gourou ? Quel décent, chaste, vertueux charpentier ? Irait-on jusqu'à traduire : un sain charpentier ? Un saint charpentier ? Un charpentier tellement désintéressé qu'il n'aurait plus ni personnalité ni… sexe !

Bon sang ! Mais oui, il y était ! Trop de jeux possessifs dans les rebondissements de ce scénario, mais aucun accord masculin ou féminin. Meunier venait enfin de comprendre ce qui le perturbait : aucun des trois personnages n'était genré !

Qui donc pouvait avoir réalisé pareil tour de passe-passe ? Qui donc sinon…

Sous son maquillage fondu, la vierge riait aux larmes de la naïveté de Meunier. Il fallait qu'il en ait le cœur net.

45

Tel est pris qui croyait prendre, Meunier, le manuscrit sous le bras (dernier volume) tambourine à la porte du troisième cour. Sans succès. Attend quelques secondes, puis va marteler la sonnette du quatrième (cour évidemment). Sans plus de résultat. Il ne peut en rester là. Ce petit jeu a assez duré. Dernière tentative, logique, la terrasse du Barretta.

Nous sommes, comme nous l'avons dit, en un mois de mai tout à fait avenant, florissant sous des températures clémentes. Meunier descend les quatre étages, au diable l'ascenseur aujourd'hui, en bras de chemise, les clefs dans la poche arrière de son pantalon et l'enveloppe kraft à la main.

Personne devant les boîtes aux lettres, on s'en serait douté. La porte cochère toujours aussi lourde, et le rebord du guichet à enjamber, réflexe.

À présent, pas de miracle mais une certaine chance, et un poil de flair.

À la terrasse du Barretta sont attablés, autour d'une bière blanche et d'un café noir, un barbu dont le duvet est tombé, rasé de frais, souriant, troquant sa moustache cramée contre une fine écume mousseuse au-dessus des lèvres, et, bien évidemment, Zimmerman, coupe de cheveux tirée au cordeau, qui a aussi pris quelque licence avec les conventions et la météorologie, laissant tomber la veste pour s'afficher en chemisette à manches courtes, bourgeon de décolleté d'où dépasse négligemment une bretelle de soutien-gorge.

46

Chers voisins,

Vous serez peut-être surpris de recevoir cette carte alors que je ne vous ai même pas prévenus de mon départ. Je vous ai aperçus à la terrasse du Barretta, vous aviez l'air tellement absorbé que je n'ai pas osé troubler votre quiétude, mais vous m'en voyez réjoui.

Me voici presque au terme du voyage, la vierge a pris ses quartiers dans mon sac à dos, tandis que j'ai pris mon bâton de pèlerin, faisant étape dans mes lieux ressource – ma maison forestière, les crêtes du mont… et bientôt l'arrivée sur les étendues à perte de vue des Saintes-Maries-de-la-Mer. Qu'irai-je faire là-bas ? Capturer un morceau de ciel que j'emporterai dans mon boîtier ? Déposer sur le sable une Marie dont la cire n'a plus rien de saint ni de vierge ?

L'avenir nous le dira, nous avons l'éternité devant nous, l'éternité moins un jour à condition qu'on ne s'en aperçoive pas trop tard… qu'on ne se consume, ou qu'on ne s'avère trop épouvantable.

Paris, janvier 2020

Derniers romans parus aux Éditions François Bourin

Je, tu, elle, Adeline Fleury
La Boîte à outils, Gérard Besnier
Dieu-Denis ou le divin poulet, Alexis Legayet
Tropique du Brésil, Jacques Secondi
Le Corps d'après, Virginie Noar
Ce qu'un homme est aussi, Jean Rainscof
Conservez comme vous aimez, Martine Roffinella
Si belles en ce mouroir, Marie Laborde
Ida n'existe pas, Adeline Fleury
La Nuit infinie des mères, Virginie Noar

Roman paru aux Éditions Les Pérégrines

Ceci est ma chair, Marc Villemain

Pour limiter l'empreinte environnementale de leurs livres, Les Pérégrines font le choix de papiers issus de forêts gérées durablement et de sources contrôlées.
Imprimé en France par CPI en novembre 2021 sur du papier Lac 2000 pour l'intérieur et Rives tradition blanc naturel pour la couverture.

IMPRIM'VERT®

Dépôt légal : janvier 2022
N° d'impression : 167192
ISBN : 979-10-252-0545-7